13 KORTE VERHALEN

Cathy McGough

Stratford Living Publishing

Canada

"Ik begon deze novelle te lezen binnen een paar minuten nadat ik hem had gekocht, en toen ik eenmaal begonnen was, moest ik hem uitlezen. Ik heb echt genoten van dit verhaal. Het is goed geschreven en je kon niet anders dan meeleven met de hoofdpersoon. En de verrassing aan het einde deed mijn mond openvallen."

DARRYL EN MIJ

V.S.

"Griezelig. Een kort, bitterzoet verhaal over de tragedie van een vrouw en haar poging om ermee om te gaan terwijl ze zwanger is."

V.K.

"Geweldig verhaal. Uitstekende emoties. Ik leefde echt mee met Cath en Darryl."

DE PARAPLU EN DE WIND

VS

"Sci-Fi op zijn modernst en op het juiste moment. Kort en goed leesvoer."

"De auteur spint een fantasierijk Sci-fi verhaal dat gevaarlijke wind oproept, een vliegende paraplu, draaiende groene fles en meer. Een kort verhaal met snelle actie."

India

"Wat een spannende rit! De flow is supersnel en de schrijfstijl consistent en vloeiend. Op de een of andere manier deed het me denken aan Jerome K Jerome en Three Men In A Boat."

V.K.

"De moeder van slechte weekends ontmoet de alien. Geschreven met een droge humor, is dit een bizar verhaal met een buitenaards massief groen object, paraplu's en geweren. Een zeer fantasierijk verhaal dat je tot de laatste pagina in zijn greep houdt. Een dikke pluim voor je creatieve verbeelding, Cathy McGough. Het kan je hardop laten lachen en je koffie doen morsen."

DOODSWENS

VS

"Ik heb dit gisteravond na het slapen gaan in een half uur uitgelezen. Ik voelde me verdrietig voor deze man die het gevoel had dat zijn leven zinloos was. McGough leidt de lezer tot op het randje, en zelfs als hij voorbij het point of no return is, heb je geen idee hoe het afloopt. Een geweldig verhaal om te lezen tijdens de lunch of koffiepauze."

"Ik hield van Cathy McGough's creativiteit in het produceren van een korte novelle van 20 pagina's met een grote levensveranderende ervaring van één man die zijn levensdoel niet kon vinden."

"Ik had dit boek al een tijdje in mijn KIndle staan, maar toen ik eindelijk besloot het te lezen, heb ik het niet meer neergelegd tot ik het uit had. Hoewel het een kort boek is, zijn het plot en de personages goed uitgewerkt. Ik vond het geweldig."

"Het leest als een aflevering van Tales from the Crypt of Twilight Zone."

"Ik vond het geweldig en tijdens het lezen vroeg ik me af WAAROM? Toen ik erachter kwam, was ik geschokt, zoiets is mijn ergste nachtmerrie."

V.S. EN V.K.

"De auteur maakt handig gebruik van de interne monoloog van het personage om zijn leven en de beslissing waar hij mee worstelt te onthullen. Het heeft me tot het einde gegrepen. Dit vlot vertelde verhaal is zeer onderhoudend om te lezen en ik kan het ten zeerste aanbevelen."

Inhoudsopgave

Inwijding

VOOR DIANNE

Voorwoord

Beste lezers,

Deze verzameling korte verhalen bevat zes van de favorieten van mijn lezers en zeven nieuwe korte verhalen die ik tijdens de pandemie heb geschreven.

Ze zeggen 'eruit met het oude en erin met het nieuwe', maar ik zeg: laten we het hele plaatje bekijken.

Veel leesplezier!

Cathy

DANDELIE WIJN

Het was 1967 en de zomer was bijna voorbij toen ik mijn gammele rode wagen over een doodlopende weg met kiezels trok. Het gekletter van mijn wagenwielen was een bekend geluid voor de mensen langs onze route.

"Mooie dag voor een wandeling," zei ik dan.

"Dat is het zeker. Een fijne dag verder," zeiden ze dan.

Als mijn vriendin Sandra en ik geluk hadden, brachten ze ons ijswater, cola of limonade. Hoewel we niet in de buurt woonden, werden we door de meesten vriendelijk behandeld. De meeste, maar niet alle huiseigenaren.

"Wees geen lastpak," zei papa altijd tegen me, en dat was ik ook niet. Ik bemoeide me altijd met mijn eigen zaken. Ik treuzelde niet en probeerde niet de aandacht op me te vestigen. Kon ik het helpen dat de piepende wielen piepten?

Ik was een meisje met een doel, dus het maakte niet uit dat mijn armen pijn deden ook al wilde ik dat ze sneller groeiden.

Het maakte niet uit als de kar omviel in een kuil of in de sloot rolde.

Toch dacht ik aan de gekke vrouw in een van de huizen. Ik was bang om alleen langs haar huis te lopen.

Bij andere bezoeken schreeuwde ze tegen ons omdat we niets deden. Of vloekte tegen ons. Eén keer stuurde ze zelfs haar hond naar buiten, kwijlend en blaffend. Het mormel beschermde de weg alsof het een deel van haar eigendom was. Ik keek omhoog naar het dak, waar de oude Canadese vlag wapperde in de wind. Sommigen zeiden dat ze weigerde om de nieuwe vlag met het grote esdoornblad te laten wapperen. Zij en haar hond gaven me de kriebels.

Mijn adem stokte toen ik het gevreesde huis naderde. Omdat het een doodlopende straat was, had ik geen andere keus dan er langs te gaan. Ik stopte en keek achterom om te zien of Sandra eraan kwam. Nog geen teken van haar.

Toen herinnerde ik me dat oma's gelukskonijnenpootje in mijn zak zat. Dat gaf me moed. Ik trok de wagen met beide armen voort en snelde voorbij.

Ik wist dat Old Lady Macguire er was. Ik hoefde haar niet te zien. Ik kon haar voelen. In het huis links, achter de gordijnen. Ze keek me kwaad aan. Ze haatte kinderen, alle kinderen.

Een paar huizen later struikelde ik bijna over mijn schoenveter. Ik zette de wagen recht voordat ik op mijn hurken ging zitten om hem weer vast te maken. Terwijl ik dat deed, wierp ik een blik over mijn schouder en zag de gordijnen trillen.

Het maakte nu niet meer uit. Ik was buiten het bereik van haar boze ogen.

"Hé, wacht even! Wacht OP!" klonk de stem van mijn vriendin terwijl haar sandalen de stenen weg raakten. Eindelijk was mijn beste vriendin er. Sandra was altijd overal te laat voor.

Ik draaide me in haar richting en zag hoe ze langs het huis van Old Lady Macguire rende. Ze was buiten adem toen ze bij me aankwam. We vielen elkaar in de armen. We waren allebei veilig voorbij het huis van de oude heks gekomen.

"Het werd tijd!" zei ik een beetje ongeduldig toen we uit elkaar gingen.

"Sorry, ik had klusjes te doen en mama was vastbesloten om mijn haar uit te borstelen. Ze zei dat ik een publieke schande was!"

"Je jurk is mooi," zei ik terwijl ik lette op de plooien en strikjes die de twee zakken aan de voorkant sierden. Het was mooi, en totaal ongepast voor het plukken van fruit.

Sandra greep met haar ene hand de helft van de handgreep van de wagen en drukte met de andere hand de voorkant van de jurk naar beneden. "Ik haat roze," zei ze.

Haar hand naast de mijne paste perfect en we konden de kar met gemak naast elkaar trekken.

"Mama liet me beloven om op weg naar huis bij de winkel op de hoek te stoppen en een brood te kopen." Ze reikte in haar zak, "Zie je, ze gaf me vierentwintig cent, plus een stuiver zodat we een bananen ijslolly konden delen."

"Oh, dat is iets om naar uit te kijken." Banaan was onze favoriete smaak.

We liepen verder. Ergens achter ons blafte een hond.

"Om het geld voor de ijslolly te krijgen, *moest* ik deze stomme jurk dragen."

"Het is niet stom," zei ik liegend en wensend dat ik zelf een mooie jurk had die ik kon dragen op een dag die geen kerkdag was. Met twee broers, een zus en nog een baby op komst was het niet waarschijnlijk dat ik snel een nieuwe jurk zou krijgen.

Sandra fluisterde: "Heb je haar gezien?" Ik wist dat ze Oude Dame Macguire bedoelde. "Heb je haar boze oog vandaag op je gericht gevoeld?"

"Nee, want ik heb mijn vingers en mijn ogen gekruist." loog ik.

"Goed bedacht," zei ze, terwijl ze het grootste deel van haar gewicht op haar zij legde en vroeg: "Wil je dat ik het overneem en even trek?"

"Nee, dan maak je je jurk misschien vies." Sandra gniffelde. "Samen is het leuker," zei ik terwijl we langs het huis van meneer Holiday wandelden en vervolgens langs het huis van meneer en mevrouw Otter.

Bijna op onze bestemming werden we stil. Als beste vrienden hoefden we niet de hele tijd te praten. Het doel van onze reis was een gezamenlijk doel, afhankelijk van de zwarte bessenstruiken van Miss Virginia Martin. Als er genoeg bessen waren, mochten we een deel meenemen. Als de oogst schaars was, zou onze reis weer voor niets zijn geweest.

"Ik kan niet wachten om te zien hoeveel fruit er is," zei ik.

"Ik heb het gevoel dat we geluk zullen hebben," zei Sandra.

We stopten en keken naar het huis van Miss Virginia. De voortuin was altijd onberispelijk, het was alsof de wind wist dat hij het afval en de bladeren weg moest blazen om haar mooie gazon niet te verknoeien.

Sinds ik een klein meisje was, zocht ik altijd naar vriendelijke gezichten in huizen. Mama zei dat het een gewoonte was waar ik mettertijd wel overheen zou groeien.

Het huis van Miss Virginia had een ongewoon maar vriendelijk gezicht met twee ronde ramen bovenaan. Als de jaloezieën half of helemaal naar beneden waren getrokken, leken ze op oogleden. Dit was anders dan alle andere huizen die ik had gezien.

Tussen de ogen groeide een neus. Een neus gemaakt van bakstenen. Het verschil was dat deze bakstenen rechtop stonden, terwijl de rest van de bakstenen opzij stonden. Ik kreeg er koude rillingen van, alsof de bouwer wist dat hij speciaal voor mij een neus aan het maken was. Ik weet dat dit waarschijnlijk gek klinkt.

Toen naar de mond beneden, die gevormd werd door de dubbele deuren. Door een glas-in-loodraam aan de bovenkant leek het net een rij tanden met een beugel.

Ik vond het heerlijk om naar het huis te kijken omdat het ook een plek was waar de natuur floreerde. Ik lachte toen ik me herinnerde hoe de klimop die in het wild groeide het soms deed lijken alsof het huis een snor of een baard had.

Het viel me op dat Sandra *Penny Lane* neuriede. Ze neuriede altijd als ze zich verveelde. *The Beatles* waren goed, maar ik gaf de voorkeur aan *The Stones*.

Sandra streek het blonde haar uit haar gezicht, terwijl de vliegen om haar heen zoemden alsof haar transpiratie een uitnodiging was om te zwermen.

Ik liet mijn greep op de wagen los en ging op mijn tenen staan om over het hek te kunnen kijken. Ik hoopte dat ik deze keer lang genoeg was, maar dat was niet het geval. Sandra probeerde het ook, zij was een fractie langer, maar ook zij kon er niet overheen kijken. Ik hield de wagen stil terwijl Sandra instapte en probeerde er overheen te kijken, maar ook dat lukte niet.

"Ik denk dat we beter naar boven kunnen gaan en het vragen," zei Sandra.

"Prima."

We trokken de wagen het gazon van Miss Virginia op en parkeerden hem, waarna we de lange oprijlaan opliepen die omzoomd was met bloemen. Zonnebloemen knikten met hun hoofd en bogen naar ons alsof we royalty's waren. Een paar paardenbloemen spartelden in de schaduw van hun neef.

"Weet je nog dat mijn vader ons de paardenbloemenwijn liet proeven die hij maakte?"

"Het was het smerigste dat ik ooit geproefd heb," zei Sandra.

"Ik weet het, maar je had het nog steeds niet uit moeten spugen." We lachten toen we dachten aan de wijn die over papa's shirt spatte. "Papa vond je erg onbeleefd."

"Dat was niet mijn bedoeling." Ze keek naar haar voeten. "Hé, weet je wat? We kunnen zonnebloemen vragen en ze verkopen."

"Ze zijn mooi, maar laten we ons aan het plan houden. Mevrouw Smith zei dat ze ons twee kwartjes (vijftig cent) zou betalen voor zoveel zwarte bessen als we kunnen dragen, dus we hebben al een koper. We kennen niemand die zonnebloemen wil."

"Ik dacht gewoon, misschien wil iemand de zaden. Maar oké."

Ik wierp een blik op mijn vriendin en koos ervoor om er verder niets over te zeggen.

Onderaan de trap verzamelden we onze gedachten. Uit ervaring wisten we dat het niet belangrijk was wat we zeiden, maar hoe we het zeiden.

De vorige keer hadden we jammerlijk gefaald. Miss Virginia zei dat de zwarte bessen nog niet klaar waren. Ze zei hoe enthousiast ze was om nieuwe recepten te maken voor de Annual Fall Fair.

Miss Virginia was beroemd in onze county omdat ze talloze gouden medailles had gewonnen voor recepten met zwarte bessen. Haar foto stond vaak in de plaatselijke krant, soms zelfs op de voorpagina.

Ze had het recht om het fruit voor zichzelf te houden, maar de wereld draait om delen. We hoopten haar te overtuigen om ons een portie zwarte bessen te geven.

Bij dat bezoek moet de teleurstelling van onze gezichten af te lezen zijn geweest, want Miss Virginia nodigde ons uit om haar te helpen met het plukken van appels en peren. Ze bood aan om ons elk tien cent te betalen, maar dat was niet genoeg om te krijgen wat we wilden. We bedankten haar voor haar vriendelijke en gulle aanbod, maar we weigerden.

"Wat als ze nee zegt?" vroeg Sandra, terwijl ze met een pijnscheut in mijn ogen keek.

Ik stak mijn hand uit en raakte de lange blonde lokken van mijn vriendin aan. "Kom, we gaan het uitzoeken."

Sandra begon te rennen, maar ik ving haar op tijd op en mompelde de woorden "DECORUM," waarop Sandra antwoordde: "Huh?" "Rustig aan," fluisterde ik. "Denk eraan dat we jongedames zijn."

We giechelden. Sandra streek de voorkant van haar jurk weer glad.

Ik haalde mijn handen uit mijn zakken en reikte naar de klopper. Nog voor ik hem aanraakte, gooide Miss Virginia de deur open. Ze lachte, niet alleen met haar mond maar ook met haar ogen. Ze was blij ons te zien, dat was een goed teken.

"Wie hebben we hier op deze mooie ochtend?" vroeg ze, terwijl ze heel goed wist wie ze daar had omdat Sandra en ik al de hele zomer terugkwamen. We waren meer dan tien keer op haar veranda geklommen om naar de zwarte bessen te vragen.

"Wij zijn het, Sandra en ik," zei ik en we maakten een soort van buiging. Het was onze beste poging om te buigen, hoewel de echte koningin van Engeland daar misschien anders over dacht. Miss Virginia applaudisseerde.

"Nou, nou," zei Miss Virginia terwijl ze ons op en neer bekeek. Sandra in haar mooie roze jurk en ik in mijn overall. "Zien jullie twee er niet..." Ze aarzelde. "Jullie doen me denken aan..." Ze pauzeerde, haar woorden en gezichtsuitdrukking waren nu bevroren. Haar ogen werden verdrietig, maar heel even. Ze glimlachte. "Jullie zien eruit als een plaatje, sterker nog, ik zou graag een foto willen maken als jullie het niet erg vinden?"

Ik kreeg buikpijn van haar verandering van blij naar verdrietig en weer terug naar blij. Ik keek Sandra aan en we waren het eens. Miss Virginia nodigde ons binnen uit om te wachten terwijl ze de camera klaarmaakte. In de andere kamer konden we haar laden horen openen en sluiten.

"Ik maak me zorgen over de wagen," fluisterde Sandra.

Ik zette me schrap en keek uit het raam. "Alles is in orde." Daarna hield ik de wagen in de gaten, want ik wilde niet dat hij weer vermist zou raken.

Zoals toen we naar binnen gingen voor een glas limonade. Toen we weer buiten kwamen, was hij weg. We liepen en liepen in een poging hem te vinden, maar er was geen spoor van de bolderkar.

Sandra en ik gingen naar huis. Ik was erg overstuur en huilde als een baby. De wagen betekende veel voor me, piepende wielen en zo. Het was een kerstcadeau van mijn grootouders geweest.

Onze ouders en vrienden zochten tot de straatverlichting aanging. De volgende dag zetten we een advertentie in de rubriek Gevonden voorwerpen. Hij werd gevonden buiten het bosgebied, omvergeworpen in het veld van een boer.

Wij, Sandra, en ik wisten wie het daar had neergelegd. Natuurlijk was het Old Lady Macguire, maar we hadden geen bewijs. Papa zei dat je nooit iemand van iets moest beschuldigen zonder bewijs, maar we hadden gezien hoe ze ons met haar boze oog bekeek.

Precies op dat moment kwam Miss Virginia terug met een Kodak Instamatic. Ik had er een advertentie voor gezien in papa's exemplaar van Life Magazine. De 104 was een echte topper.

"Kom maar bij elkaar meisjes."

"Zou het licht buiten niet beter zijn?" vroeg ik.

Ze glimlachte en opende de voordeur.

We wachtten op de veranda, probeerden niet te veel te bewegen terwijl Miss Virginia besliste waar we moesten staan om het beste licht te krijgen.

Ik leunde tegen de muur van de veranda en probeerde een glimp op te vangen van de zwarte bessenstruiken, maar dat lukte niet.

"Hmmm," zei Miss Virginia, "waarom gaan we niet de tuin in? Met alles in bloei kunnen we prachtige foto's maken."

Sandra en ik grijnsden.

We liepen de trap af. Sandra bereikte de bodem in één snelle sprong, tot groot ongenoegen van mij. Miss Virginia leek het niet erg te vinden. We slenterden achter haar aan, elk woord in ons opnemend. "Hier groeit de peterselie en hier zijn mijn tomaten. Wat zijn ze groot geworden dit jaar. Er gaat niets boven verse tomatensaus. En hier is mijn paardenbloempluk. Daar maak ik paardenbloemenwijn van."

Sandra snakte naar adem en trok een gezicht.

Miss Virginia leek het niet op te merken. "En hier is mijn zwarte bessenveld, maar die kennen jullie natuurlijk al."

Ik probeerde er niet te opgewonden uit te zien en wierp een blik over mijn schouder naar de wagen om te zien hoeveel we in één keer mee konden nemen. Ik wou dat ik het mee de tuin in had genomen.

Ik voelde Sandra's arm tegen de mijne aan komen. Ik zag dat haar mond wijd open hing terwijl ze naar de bessen staarde. Ze zag eruit als een hond die op zijn eten wachtte.

"Ik zou hem dichtdoen jongedame," riep Miss Virginia uit, "Tenzij je vliegen wilt vangen."

Sandra verborg haar mond achter haar hand.

Miss Virginia lachte bijna giechelend terwijl we naar de zwarte bessenstruiken in volle bloei keken. Het fruit hing er, klaar om geplukt te worden. Heel veel bessen. We waren zo opgewonden dat we een gil lieten horen.

"Eerst de foto's," herinnerde Miss Virginia ons eraan. Miss Virginia probeerde de best mogelijke hoek te vinden, aangezien de bomen zich uitstrekten in het zonlicht en schaduwen creëerden.

Ik realiseerde me dat met zoveel krenten die klaar waren om geplukt te worden, Miss Virginia onze hulp nodig zou hebben en dat ze ons meer geld zou moeten bieden dan toen ze ons vroeg om de appels en de peren te plukken. Met appels en peren waren we beperkt tot wat we konden bereiken. Met de zwarte bessenstruiken konden we rondlopen en elke bes plukken.

"Mogen we nu wat plukken?" vroeg Sandra.

Ik schudde mijn hoofd en hoopte dat ze onze kansen niet verprutst had.

"Ik wil graag een foto met de zwarte bessenstruiken achter je. Voorzichtig nu, plet ze niet en sla het fruit er niet af en eet er in hemelsnaam niets van voor de foto, anders komen er vlekken op jullie handen en monden. Oh, ik herinner het me net. Meisjes, wacht hier terwijl ik even naar binnen ga."

Alleen, vlak voor de krenten, was het alsof ze onze namen riepen. We friemelden. Wachtten. Probeerden niet te luisteren naar de fluisterende zwarte bessenstruiken. Ze nodigden ons uit om er een te plukken. Om te proeven.

"Dit is te gek," zei Sandra. Ze opende en sloot haar vuisten. Draaide zich om en keek naar de zwarte bessenstruiken.

Ik draaide me ook om. "Daar ben ik het mee eens. Maar als we wachten op de zwarte bessen, verdienen we genoeg geld door ze in één middag te verkopen."

"Juist," zei Sandra, terwijl ze naar de trossen fruit keek. "Maar ik moet er een hebben", zei Sandra.

"Niet doen," zei ik.

"Maar ze zal het nooit weten!"

"Oké, laten we één bes kiezen."

"Maar ze zijn zo klein."

Sandra pakte er een en ik ook. Ik stopte hem in mijn mond en door de zoetzure smaak wilde ik er nog een. En nog één. We pakten er een handvol en gooiden ze in onze monden. Het bessensap bedekte mijn tong.

Miss Virginia keerde terug naar de tuin.

We moeten er nogal hebben uitgezien. Sandra met het sap op haar gezicht en op haar jurk. Ik verstopte mijn handen in mijn zakken.

Miss Virginia werd niet boos op ons. In plaats daarvan zei ze: "Oh jee, kijk eens naar je mooie jurk." Ze schudde haar hoofd. Ze stapte weg. "Dat is alles voor vandaag meisjes. Nu gaan jullie twee naar huis."

"Maar Miss Virginia. Hoe zit het met de zwarte bessen?"

"Ja," zei Sandra, "Het spijt ons dat we niet gewacht hebben, maar ze riepen ons."

Miss Virginia lachte. "Ik weet nog dat ze naar mijn zussen en mij riepen."

Ze werd weer helemaal verdrietig en mijn maag deed dat grappige ding. "Hoe zit het met de foto's?"

Miss Virginia vroeg ons onze plaatsen in te nemen en zei toen: "Say cheese." Na een paar foto's vroeg ze: "Waarom zijn jullie eigenlijk zo geïnteresseerd in mijn zwarte bessen?"

Sandra fluisterde in mijn oor en we spraken af haar alles te vertellen.

"Miss Virginia, we willen genoeg geld verdienen om vriendschapsarmbandjes te ruilen. We zagen ze op de markt en ze kosten een kwartje per stuk," zei Sandra.

"De vrouw op de markt maakt ze zelf. Ze zei dat we een vriendschapsceremonie konden doen en dan zouden we beste vrienden voor het leven zijn."

Miss Virginia sprak eerst niet. In plaats daarvan liep ze door het hek naar buiten en wij volgden. Ze stopte en raakte de gezichten van de zonnebloemen aan, alsof de bloemen oude vrienden waren. Ze leek in gedachten verzonken.

Ik vroeg me af of we te veel vroegen en te weinig teruggaven.

"Kom met me mee," zei Miss Virginia terwijl ze paardenbloemen begon te plukken. Toen haar armen vol waren, gaf ze er een paar door aan Sandra, die er nog meer plukte en ze aan mij gaf. Toen ze nog niet klaar was, plukte ze er nog een paar en hield ze voor haar jurk. Ze ging zitten en maakte een stapel van de bloemen die ze had verzameld. Ze vroeg ons om onze bloemen met die van haar te combineren. Wij gingen ook zitten, Sandra aan de ene kant en ik aan de andere.

Miss Virginia pakte een bloem, toen nog een. We keken toe hoe ze haar nagel in de stelen stak en de melk van de paardenbloem liet vloeien. Hoewel haar vingers plakkerig werden, bleef ze ze aan elkaar rijgen om een koord van paardenbloemen te maken. Ze was klaar met de ene sliert en begon dan aan de andere.

"Zie je deze melkachtige substantie?" vroeg Miss Virginia. We knikten. "Wat denken jullie dat het is?"

"Is het bloed?" vroeg Sandra.

Dat vroeg ik me ook af, maar ik wilde het niet zeggen omdat ik nog nooit van wit bloed had gehoord. Ik waagde het niet om te raden en haalde in plaats daarvan mijn schouders op.

"Hebben jullie wel eens van latex gehoord?"

We schudden onze hoofden.

"Ze gebruiken het om rubber te maken."

"Bedoel je zoals mijn Indiase rubberen bal?"

"Die stuitert heel hoog!" zei Sandra.

"Ja, meisjes jullie hebben het. Daarom is het zo plakkerig." Ze ging verder met het aan elkaar rijgen van de bloemen. "Vroeger maakten we deze, mijn zussen en ik toen we zo oud waren als jij."

"Wat is er met ze gebeurd, ik bedoel je zussen?" vroeg Sandra.

"Ze zijn in de hemel," zei ze, terwijl ze aan een derde bloemenkoord begon.

"Ze zijn tenminste samen."

Miss Virginia klopte op mijn hand. "Je bent erg volwassen voor je leeftijd, hè? Zei je dat je net zeven bent geworden?"

"Dat klopt."

"En jij Sandra?"

"Ik ben ook zeven."

Miss Virginia staarde naar de lucht en even keken we naar de wolken die over ons heen zeilden.

"Die daar lijkt op een beer," zei ik terwijl ik omhoog wees.

"En die daar lijkt op een grote klodder niets," zei Sandra.

We lachten. Miss Virginia kon heerlijk lachen. "Nu, wie is eerst?" vroeg ze, en omdat ik het dichtst bij haar stond, pakte ze mijn arm. Ze deed de bloemenketting om mijn pols en sloot de cirkel: het was een armband. Ze deed hetzelfde om Sandra's pols en sloot toen de derde om haar eigen pols.

"Ah," zei Miss Virginia toen ze merkte dat ze nog heel wat paardenbloemen over had. Ze begon ze aan elkaar te rijgen tot ze er geen meer over had. Ze stond op. Wij gingen ook staan.

Juf Virginia plaatste de bloemenketting op Sandra's hoofd. "Dat heet een bloemenkrans," zei ze. "Wil jij er ook een?"

"Nee, dank je," zei ik.

"Kan ik een mooie ketting voor je maken?"

Ik keek naar mijn voeten. "Ik zou niet alle paardenbloemen willen opgebruiken. Je hebt ze nodig voor wijn."

Sandra sloeg haar ogen neer en stak haar tong uit.

Miss Virginia schonk geen aandacht aan Sandra's gezicht trekken.

"Oh, geen probleem," zei Miss Virginia, 'ik heb nog wat over van vorig jaar,' en ze begon te plukken. We deden mee en toen we met z'n drieën samenwerkten, droeg ik al snel een prachtige, zonnige halsketting. Als ik draaide, draaide het ook.

Sandra en ik, blij met onze versieringen, hadden geen haast om te vertrekken en brachten de middag door met onkruid wieden en de tuin opruimen.

Toen het bijna etenstijd was, zeiden we dat we moesten gaan.

"Wacht hier even," zei Miss Virginia. Ze kwam terug met een washandje, een kom vol water en haar zakboekje. "Mag ik?

Toen Sandra knikte, doopte Miss Virginia het doekje in het water en tilde de vlek van Sandra's jurk. "Het droogt wel terwijl je naar huis loopt." Ze gebruikte het washandje op onze handen en gezichten.

"Dank je," zeiden we.

"Oh, en nog iets," ze reikte in haar zakboekje en overhandigde ons twee kwartjes.

We konden toch de vriendschapsarmbandjes kopen!

Zonder aarzeling of overleg, we dankbaar geweigerd.

Miss Virginia leek het niet erg te vinden. "Tot volgend jaar," zei ze voordat ze de voordeur sloot.

We trokken de lege wagen over de hobbelige weg, terwijl we het handvat voorzichtig vasthielden om onze armbanden niet te beschadigen.

"Misschien volgend jaar?" vroeg Sandra.

"Ja, misschien volgend jaar," antwoordde ik. "Laten we nu dat brood gaan halen."

Sandra reikte in haar zak. Rinkelde met het kleingeld. "Vergeet de bananen ijslolly niet."

Aangekomen bij de winkel op de hoek lieten we de hendel vallen en haastten we ons naar binnen zonder aan Old Lady Macguire te denken.

EPILOOG

Zevenenveertig jaar later keerde ik met mijn tienerzoon terug naar deze straat en zoals je je kunt voorstellen waren er veel dingen veranderd. Sommige ten goede en andere niet.

De straat liep niet langer dood. Hij was volledig geasfalteerd en verbreed zodat er geen greppels meer waren. De meeste huizen waren herbouwd met hout en aluminium gevelbekleding. Een paar hadden schotelantennes.

Nu de straat open was, vulden een nieuwe weg, veel huizen, een mobiele toren en een hydro-installatie de ruimte.

Het huis van Miss Virginia is afgebroken en omgebouwd tot appartementen. De achtertuin is omgevormd tot parkeerplaats.

Het huis van Old Lady Macguire ziet er nog ongeveer hetzelfde uit, hoewel de gordijnen zijn vervangen door Californische luiken.

Sandra en ik gingen ieder onze eigen weg toen haar familie naar het noorden verhuisde. Ze kwam terug naar huis in 1975 en we gingen naar de film *Jaws*. Daarna verloren we het contact.

Mijn rode wagen werd doorgegeven aan mijn broers en zussen en daarna aan mijn neven en nichten. Als hij kon praten, zou hij veel mooie verhalen te vertellen hebben.

Alleen al het noemen van zwarte bessen brengt me terug naar de zomer van '67.

DE HELDERSTE STER

Het was laat in de avond en een jong stel stond onder de deken van de onbelemmerde nachtelijke hemel. Achter hen bewaakte een muur van geurige evergreens de grenzen.

Onder de volle maan aardden William en Linda door elkaars hand vast te houden, ook al werden hun ogen en geest verteerd door de sterren.

De middernachtelijke hemel strekte zijn armen wijd boven hen uit. In de omhelzing van de donkere nacht dansten ze langzaam op het geselecteerde repertoire van de Northern Mockingbird, terwijl sterren en vuurvliegjes om aandacht vroegen.

Het paar had het gevoel dat ze de enige twee levende wezens op aarde waren. Samen waren ze aan de rand van de wereld, luisterend, getrouwd met de hemel en, nadat de Spotvogel was weggevlogen, de stimulerende geluiden van de stilte.

Tot er een eenzame ster opflakkerde, recht voor hun neus en de aandacht op zich vestigend. Een vallende ster. Vallend. Een pad brandend langs de hemel. Sissend, in een onzichtbare elektrische stroom, versnellend, vallend.

"Luister, hoorde je dat?" vroeg William.

"Ja, het klonk als engelen die met hun vleugels klapten," antwoordde Linda.

Ze keken toe hoe het vooruitging, van koers veranderde en toen achter een wolk verdween. De ervaring om het te zien, het te delen, gaf het koppel het gevoel dat ze deel uitmaakten van iets dat groter was dan zichzelf, iets buitenaards.

We zijn allemaal geboren uit sterrenstof. Voor altijd verbonden, zowel de levenden als de doden.

Toen de ster niet meer zichtbaar was, ging het stel bij elkaar zitten en wachtten ze tot er iets anders zou gebeuren. Geen van beiden sprak, want ze hielden de herinnering vast en vermengden gevoelens en sensaties. Ze kadreerden het moment voor altijd in hun gedachten.

Linda en William wisten één ding zeker: de natuur was de sleutel. Op dagen waarop alles onmogelijk leek, waarop het leven onleefbaar was - genas een spirituele verbinding met de elementen hen. Het gaf hen hoop en verhoogde hun hart, geest en lichaam.

"Heb je een wens gedaan?" vroeg Linda terwijl een zwerm Canadese ganzen zich toeterend een weg door de lucht baande.

"Nee, ik heb jou al," antwoordde William terwijl hij Linda in zijn armen nam. Het jonge koppel bleef naar de hemel staren tot de ganzen niet meer gezien of gehoord werden.

Linda en William hadden samen zoveel meegemaakt en toch was de ander voor beiden genoeg.

"Weet je, ik zou hier voor altijd met je kunnen zitten William en de wereld aan me voorbij laten gaan. Ik heb niet het gevoel dat ik iets mis en ik vind het fijn als de wereld stil is en het bijna is alsof jij en ik op een eiland van onszelf zijn gestrand."

William omhelsde haar steeds dichter en Linda zat nu comfortabel op zijn schoot.

Terwijl ze elkaars handen vasthielden klonk er in de verte een sirene. Het brak even in in hun kleine wereld totdat William met fluisterende stem zijn lievelingsgedicht van Walt Whitman begon voor te dragen:

*"Toen ik de geleerde astronoom hoorde, toen de bewijzen, de cijfers, in kolommen voor me stonden, toen ik de grafieken en diagrammen te zien kreeg, om ze op te tellen, te verdelen en te meten, toen ik de astronoom hoorde waar hij een lezing gaf met veel applaus in de collegezaalHoe snel ik onverklaarbaar moe en ziek werdTot ik opstond en weggleed, dwaalde ik in mijn eentje af in de mystieke vochtige nachtlucht, en keek van tijd tot tijd in volmaakte stilte naar de sterren."**

Een sirene gilde in de verte en verbrak het moment. Gevolgd door een andere en een derde. De echo's scheurden door de kalmte, maar alleen voor een vluchtige tijd zoals de ster had gedaan. Eén schreeuwend, één brandend. Beiden moesten ergens heen - snel. De eerste een lelijk, hard geluid, een geluid dat gevaar en chaos betekende. Een medemens had hulp nodig, onmiddellijk. De tweede, een ster, prachtige engelenvleugels wapperend, stervend. Einde.

Zo is het leven en zo is de dood. We eindigen allemaal op dezelfde manier, hoe hard we ook schreeuwen of hoe hard we ook ons best doen om op te vallen, om nuttig te zijn.

Het koppel bleef zitten, totaal verloren in het moment. Ze deelden elke ademhaling terwijl de nacht zich om hen heen ontvouwde. Krekels tjilpten en muggen zoemden. De bomen kreunden en uitten hun verontwaardiging tegen de wind omdat die hen te vroeg wakker had gemaakt.

Linda dacht terug aan de dag dat ze William voor het eerst ontmoette. In zat op de middelbare school en ze waren zestien jaar oud. Linda was de nieuweling, afkomstig uit een militaire familie die voortdurend verhuisde. Toch had ze nooit problemen om zich aan te passen of vrienden te maken omdat ze lief en knap was en mensen zich tot haar aangetrokken voelden. De eerste dag dat ze William op het voetbalveld zag, wist ze dat hij de ware voor haar was. Hij wierp een blik in haar richting, glimlachte en vroeg haar een tijdje later mee uit. Al snel waren ze een stel, High school sweethearts. Voorbestemd om voor altijd samen te zijn.

William was enig kind en zijn eerste liefde was sport. Hij hoopte dat hij na zijn afstuderen gratis naar een van de beste universiteiten kon met een voetbalbeurs. Als hij niet aan het oefenen was, was hij aan het spelen. Hij was geen geleerde, verre van dat, maar hij bewonderde veeleisend werk en hij had een uitstekende mensenkennis. Op een dag zag hij Linda worstelen om het slot van haar kluisje te openen. Hij bood aan om te helpen, maar het ging meteen open toen hij het vroeg. Na die dag wilde hij haar mee uit vragen, maar hij deed het niet tot de dag dat ze blikken uitwisselden op het voetbalveld. Toen ze naar hem glimlachte, wist hij dat zij de ware was.

Helaas gingen hun carrières een andere kant op. Beiden namen met veel tranen afscheid. Ze beloofden allebei om elk weekend naar huis te komen en om elke dag contact te houden. In het begin sms'ten en belden ze dagelijks, daarna werd het om de dag en daarna wekelijks. Maar dat was niet erg, want ze kwamen nog steeds elk weekend naar huis om elkaar te zien en samen te zijn. Het uit elkaar gaan en het weer bij elkaar komen, maakte hen sterker en meer verbonden.

Toen gebeurde er iets, waarvan geen van beiden zeker wist wat het was. Misschien hadden ze het te druk, of misschien werd uit elkaar zijn de nieuwe norm.

Verlangend naar elkaars gezelschap, maar niet in staat om het te krijgen, begonnen ze andere mensen te zien. Ze spraken af om andere mensen te zien, om het water als het ware uit te testen.

William ging een of twee keer uit, maar aan wie hij ook zag, het enige waar hij aan kon denken was Linda. Hij vroeg zich af wat ze deed en met wie ze was. Hij probeerde het zich niet aan te trekken als mensen over haar spraken of haar op een date zagen, maar het kon hem wel schelen - hij hield van haar - ze was alles voor hem - maar als ze gelukkig was, was hij mans genoeg om afstand te nemen en haar de tijd te geven om uit te zoeken wat hij al wist.

Linda ging ook uit, ze was een stoot en ze was slim. Ze probeerde William en gedachten aan hem uit haar hoofd te bannen. Ze probeerde van alles, ging uit met mannen die anders waren dan William, maar er ontbrak altijd iets. Toen ze hoorde dat hij met andere vrouwen omging, stak ze haar kin vooruit en zei: "Als hij het kan, dan kan ik het ook." Een van haar vriendinnen, die William stiekem voor zichzelf wilde, wees haar af en Linda ging verder met een jongen van wie ze wist dat hij niets voor haar was. Eigenlijk kon geen van de jongens tippen aan William, want ze hield van hem en alleen van hem. Haar hart kon van niemand anders houden.

Toen ging ze naar huis, en William was ook thuis, en ze renden naar elkaar toe zoals acteurs in de films deden en zwoeren dat als ze eenmaal afgestudeerd waren, ze nooit meer gescheiden zouden zijn. En zo geschiedde.

Vijftien jaar later, nog steeds getrouwd. Nog steeds samen.

Zelfs toen ze hun baan verloren. Werken bij hetzelfde bedrijf had zo zijn voordelen, maar niet toen het slecht ging met de economie en het last in first out was. Linda werd als eerste ontslagen en ze probeerde een andere baan te vinden, maar met de baby op komst besloten ze bij hetzelfde bedrijf te blijven, waarbij William fulltime zou werken en een volledige ziektekostenverzekering zou krijgen en Linda thuis zou blijven tot hun zoon oud genoeg was om naar de kinderopvang te gaan (die het bedrijf ter plekke had).

In plaats van dat de economie beter werd, ging het slechter en al snel was William ook werkloos. Ze namen allebei klusjes aan waar en wanneer ze maar konden en verdeelden de zorg voor hun zoon omdat het inhuren van een babysit te duur zou zijn en ze elke cent nodig hadden om hun hypotheek te kunnen blijven betalen.

Toen er geen werk meer te vinden was, verloren ze hun huis. Net als al hun vrienden hadden ze een maximale hypotheek en toen waren ze dakloos. Ze woonden een paar maanden in hun auto, totdat de schuldeisers hen opspoorden en ook die weer in beslag namen.

Ze bleven bij elkaar, sterk. Ze klampten zich aan elkaar vast.

Toen ze hun zoon verloren, werd alles op de proef gesteld. Geen ziektekostenverzekering, geen huis, geen adres. Een virus, griep, longontsteking en op een nacht was hij weg.

Hem verliezen dreef hen bijna over de rand. Ze wankelden en wankelden, terwijl de golven van wanhoop hen naar beneden sleepten en flessen alcohol voor zelfmedicatie hen voor een paar momenten omhoog trokken en hen vervolgens in de goot gooiden en hen bijna uit elkaar scheurden. Nu hadden ze alleen nog herinneringen aan hun zoon en een foto ingelijst in een plastic gleuf in het midden van een kussen dat ze in een rugzak droegen met schone kleren, toiletspullen en een rol toiletpapier.

Toen ontdekten ze een verbinding met hun zoon via de natuur. Ze liepen hoger en hoger en voelden zijn aanwezigheid in relatie tot de hemel. Ze hadden geen voedsel nodig en als ze dat wel nodig hadden, vonden ze iets in de natuur. Baden in de beekjes, appels en wilde bessen eten. Paardenbloemen en wilde asperges. Duizendknoop en sint-jakobsschelpen. Waterkers en Northern Wild Rice. Allemaal lekkernijen die ze konden verzamelen en bereiden zonder iets bij de hand te hebben. En water, ze nipten van de ochtenddauw van de bladeren van de bomen en als het regende, openden ze hun mond naar de hemel en dronken zich vol.

En ze vonden deze plek, hoog boven de stadslichten. Ver van verleiding en geluidsoverlast. Omringd door de natuur waar ze helemaal samen konden zijn. Op een plek waar ze zich niet hoefden te verstoppen voor de pijn, waar de natuur het voor hen opnam, in hen.

Waar de eenvoud van een neerdalende ster hen kon betoveren en hun zoon in een oogwenk bij hen terug kon brengen, in de dood van een nachtster.

"We kunnen beter gaan slapen, morgen is de grote dag," zei William terwijl hij zijn armen uitstrekte en gaapte.

"Ik zou het jammer vinden als deze zou eindigen."

Een konijn huppelde over het gras en stopte af en toe om de lucht op te snuiven. Hun magen knorden, maar geen van beiden was bereid een leven te nemen voor een maaltijd.

Linda greep in de rugzak en haalde het kussen eruit. Ze kuste de foto van haar zoon en William deed hetzelfde.

William streek een plekje voor zichzelf en daarna een plekje voor Linda.

Linda pluisde het kussen uit. Ze legde het op de grond en liet haar wang op de foto van haar zoon rusten. William deed hetzelfde.

Ze kropen dicht tegen elkaar aan, als twee lepels.

Omdat William achterin zat, vouwde hij voorzichtig de krantenpagina's open. Een windvlaag viel op hen neer en maakte zijn aanwezigheid kenbaar. William hield de kranten dicht tegen zijn borst en beschermde ze alsof ze meer waard waren dan goud.

Toen de lucht weer gekalmeerd was, bedekte William Linda met de eerste en tweede pagina's, en vulde daarna de lege pagina's aan met de overlappende derde en vierde.

Ze kropen dichter tegen elkaar aan. Zo dicht als twee mensen ooit bij elkaar konden zijn.

"Slaap lekker," zei hij.

"Slaap lekker," antwoordde ze.

*When I Heard the Learn'd Astronomer door Walt Whitman 1865

MARGARETS OPENBARING

De lente hing in de lucht. Toch kon Margaret zichzelf niet uit het dal trekken.

Als gevoelens haar overmeesterden, omhelsde Margaret zichzelf omdat niemand anders dat aanbood. Haar vriendinnen zeiden dat ze zichzelf wegcijferde. Ze zou haar mond open moeten doen. Vragen, nee *eisen* wat ze nodig had. Ze zeiden dat ze niet van haar man moest verwachten dat hij E.S.P. had.

Op zulke momenten rolde Margaret zich in een denkbeeldige harige bal, als een mamabeer. Dan rekte ze zich uit en gaapte, alsof ze uit een lange winterslaap ontwaakte.

Neem nog wat te drinken, zeiden ze dan, alsof dronken worden alles beter zou maken.

Margaret verlangde naar een nieuw begin. Een seizoensgebonden wedergeboorte, waarin ze zich weer kon verbinden met de kern van zichzelf.

***

Om 5 uur 's ochtends in een buitenwijk van Toronto West bij Lake Ontario waren de vogels teruggekeerd van hun wintervakantie. Een paar bleven het hele jaar door - deze beschouwde ze als haar all weather vrienden. Ze hadden de Huckleberry Bush al kaalgeplukt. Om ze terug te krijgen, vulde Margaret de voederhuisjes met zwarte oliezaden voor zonnebloemen.

In de winter varieerde het repertoire van vogelstemmen van blauwe gaaien tot kardinalen, duiven en killdeer. Margaret wachtte elke ochtend in de stilte om ze de nieuwe dagen te horen inluiden. Verkwikt in lichaam en geest sloot ze haar ogen en ging weer slapen. Totdat stemmen haar wakker schudden.

Het was haar tienerzoon tegen haar man. Hoewel ze hetzelfde bloed deelden, streden hun hormonen om dominantie en gingen ze met elkaar op de vuist - vooral 's ochtends vroeg.

Margaret en Michael Lindstrom trouwden dertien jaar geleden en hun zoon, nu dertien, werd niet lang daarna geboren. Sommigen zeiden dat het koppel *moest* trouwen, maar dat ging hen geen donder aan.

Ze hadden elkaar ontmoet op een blind date en het klikte meteen. Michael was een leidinggevende in de transportsector.

Margaret had twee banen terwijl ze naar de universiteit ging voor een BA in grafisch ontwerp.

Michael maakte lange dagen. Omdat Margaret studeerde en twee banen had, zagen ze elkaar niet vaak. Maar als ze elkaar zagen, vlogen de vonken over. Er hing liefde in de lucht. Volslagen vreemden kwamen naar hen toe met het commentaar hoe verliefd ze eruit zagen en de zon scheen altijd als ze tijdens een wandeling elkaars hand vasthielden.

Margaret's vrienden waren jaloers dat ze een vaste vriend had en maakten zich zorgen. Met hun drukke werkschema's hadden ze nauwelijks tijd voor een flirt, laat staan een volledige relatie met een oudere man.

"Maak gewoon plezier zonder verwachtingen," adviseerde Annabelle, hoewel ze zelf, om complicaties te voorkomen, een open-deur-beleid had waardoor ze in een oogwenk van partner kon wisselen.

"Maar ik vind hem leuk. Ik bedoel *echt* leuk," antwoordde Margaret.

"Als het zo moet zijn, kan het wachten tot na je afstuderen," zei Lizzy, die de universiteit voor de lange termijn zag zitten. Ze was bezig met een Bachelor of Science Degree in Astrofysica, daarna door naar een Master of Science en ze was nog aan het beslissen welke studie ze zou gaan doen nadat ze was afgestudeerd. "Hij is oud, maar niet stokoud en het is onwaarschijnlijk dat hij het snel zal opgeven."

Hij is aardig, zachtaardig en attent. Bovendien heeft hij me uitgenodigd voor een werkbezoek om zijn collega's te ontmoeten. Hij zegt dat hij met me wil pronken." Ze glimlachte.

"Je hebt al genoeg op je bordje met twee banen en je diploma halen," bood Annabelle aan. "Om nog maar te zwijgen over het feit dat je nog veel te jong bent om je vast te binden. Tenzij jullie twee dat leuk vinden." Ze spotte en klinkte glazen met Lizzy.

"Ik zou nee kunnen zeggen, denk ik," zei Margaret terwijl ze nog wat wijn aan haar glas toevoegde.

"Wat je niet wilt doen," zei Lizzy. "Ik zeg: ga. Ontmoet alle saaie mensen met wie hij elke dag werkt. Het zal je zeker genezen van alle illusies die je over hem hebt - als niets anders dat zal doen."

Margaret zuchtte en ging terug naar haar studie. Zo oud was hij niet en hij gedroeg zich niet oud. Een verschil van zeven jaar was tegenwoordig niets meer.

Later ging ze met Michael uit eten, waar ze een paar van zijn collega's ontmoette. Zij was ouder dan Michael, maar hij kon met iedereen opschieten en zij had het verrassend genoeg naar haar zin. Ze vond het leuk toen Michael haar voorstelde als zijn vriendin. Nadat hij het had gezegd, had hij haar aangekeken alsof hij verwachtte dat ze het zou weerleggen, maar in plaats daarvan pakte ze zijn hand. Ze vond het heel fijn om deel uit te maken van zijn leven.

Niet lang na het werk nodigde Michael Margaret uit om met hem mee te gaan op een zakenreis. Ze zei nee, maar de verleiding van een bezoek aan Seattle, Washington, deed haar twijfelen aan haar beslissing. Ze kon tenslotte nog studeren en een onderbreking van haar dagelijkse routine zou welkom zijn. Als ze ging, zou ze bij terugkomst echt de boeken induiken.

"Het is volledig betaald," dwong Michael af. "Ik ben overdag weg… je hebt genoeg tijd om te studeren bij het zwembad in het bubbelbad."

Ze schudde haar hoofd, maar hij kon zien dat ze verzwakte.

"En we vliegen Business Class."

Nou, dat was het dan. Ze pakte een tas in en ze vertrokken naar Seattle waar ze overdag studeerde. s Avonds keken ze de ene avond naar een wedstrijd van de Mariners en de andere avond naar de Tractor Tavern Rock Club. Ze hoorden Bill Clinton spreken in het Seattle Centre. Ze beklommen de Space Needle, bekeken de Chihuly Garden en gingen naar het Museum of Pop Culture. Het was alsof ze op huwelijksreis waren; de liefde hing in de lucht en ze verwekten Tommy.

Margaret en Michael hadden het niet over kinderen gehad. Margaret wist niet hoe ze het onderwerp moest benaderen. Ze overwoog om abortus te plegen, maar het zat niet in haar om iemand pijn te doen die er niet voor had gekozen om geboren te worden. Ze nodigde Michael uit voor een etentje en begon over het onderwerp.

"Ik wil een gezin, veel kinderen," zei hij.

Ze glimlachte.

"Ik zie mezelf echter niet als het trouwtype," pauzeerde hij. "Maar als er een kind bij betrokken was, zou ik overwegen om te trouwen. Alle kinderen verdienen de best mogelijke start."

"Ik denk dat ik zwanger ben," flapte ze eruit.

Hij was eerst stil, sprong toen op en omhelsde haar. Hij zei dat ze het zeker moesten weten. Ze maakte een afspraak met haar dokter. Toen hij bevestigde wat ze al wist, klampten ze zich huilend als idioten aan elkaar vast. Zelfs nu ze aan die dag dacht, moest ze tegen de tranen vechten.

Ze stopte met haar studie toen de ochtendmisselijkheid haar leven overnam. Gemiste lessen leken zich op te stapelen. Toen duidelijk was dat ze het hele jaar zou moeten overdoen, nam Margaret een sabbatical en concentreerde ze zich volledig op de toekomst. Er was nog genoeg te doen voordat de baby kwam. Ze verkochten zijn appartement. Ze kochten een huis in een buitenwijk en trouwden snel bij de burgerlijke stand om alles officieel te maken.

De kersverse moeder bracht haar dagen door met het gezellig maken van hun huis. Toen ze ontdekten dat ze een jongetje kregen, ging Margaret op volle toeren met het maken van een prachtige babykamer. Ze kozen voor een sportthema: honkbal, hockey, basketbal. Zelfs voetbal. Allemaal sportactiviteiten waar Michael en zij graag naar keken op hun flatscreen tv.

Als Michael aan het werk was, maakte Margaret soms een schaal met eten, zoals ijs, selderij, champignons en salsa. Dan plofte ze voor de televisie neer, zette wat rustgevende muziek op voor de baby en las hem voor. Margaret wist niet meer hoe vaak ze *What to Expect When You're Expecting* aan haar kleintje had voorgelezen. Voor haar was het als een babybijbel en het delen van kennis versterkte hun band nog meer.

Op een zonnige middag ging ze naar de plaatselijke tweedehands boekenwinkel met een lijst van de favoriete boeken waar ze als klein meisje dol op was geweest. Ze was vergeten Mark te vragen wat zijn favoriete boeken waren, maar hij was nooit zo'n lezer geweest. Het kostte twee ritjes om alle boeken naar binnen te brengen. Ze zat op de loveseat, met de dozen met boeken voor zich. Ze kon niet geloven dat ze ze allemaal had gevonden! Zelfs de Pokey Little Puppy, het eerste boek dat ze ooit zelf had leren lezen. Oh, en ze bladerde door exemplaren van Charlotte's Web, Anne of Green Gables, Curious George, The Bobbsey Twins, Heidi, en de hele Harry Potter serie. Mark lachte en zei dat ze beter in een boekenkast konden investeren. Hij deed beter dan dat, hij bouwde er zelf een en zei dat er geen van die mumbo jumbo meubels in de slaapkamer van zijn zoon zouden komen.

Tommy arriveerde al snel en hij was het mooiste kunstwerk dat ze ooit had gezien. Soms kon ze niet geloven dat zij en Michael hem hadden gemaakt. Haar hart groeide, ze had nooit geweten dat ze meer van iemand kon houden dan van Michael: en ze hield heel veel van hem.

Michael wilde meteen nog een baby, maar een tweede zwangerschap zat er niet in. De geboorte van Tommy was moeilijk geweest en de dokter raadde hen af om het nog een keer te proberen. Michael was het ermee eens dat het het risico niet waard was en hij vond het prima, althans dat zei hij. Margaret geloofde hem niet, hoewel hij in het verleden altijd eerlijk was geweest.

Harde geluiden beneden barstten weer los en trokken Margaret uit haar hoofd en terug naar de werkelijkheid. Tommy schreeuwde het eerst, sloeg met een kast, Michael zei het hem daarna af en het escaleerde snel. Ze raakten slaags over de meest belachelijke onderwerpen. Geen van beiden waren ochtendmensen... en zij ook niet.

Eén simpele ochtend van rust en stilte was alles wat ze nodig had om zichzelf weer op de rails te krijgen.

Margaret overwoog om op te staan, maar verwierp dat idee. Ze zou wachten tot ze om haar hulp vroegen. Onvermijdelijk *zouden* ze *dat vragen.*

Tommy stak zijn hoofd in haar kamer. In plaats van zachtjes te praten, riep hij: "Slaap je, mam?" Hij wachtte een seconde of twee tot ze wakker werd.

"Ja," antwoordde ze altijd, terwijl ze in haar vermoeide ogen wreef, ook al was het onmogelijk om door het lawaai heen te slapen.

Nu hij haar aandacht had, riep hij uit: "Ik kan mijn sportshirt niet vinden, mam."

Ze glimlachte omdat ze ze altijd op precies dezelfde plek neerlegde, maar zei er deze keer niets over. Wat had dat voor zin? "Ze liggen in je kast, liefje."

"Ze zijn zoooo, NIET!" zei hij, gevolgd door een stamp, een terugtrekkende beweging en een dichtslaande deur.

Ze begon één Mississippi te tellen, twee Mississippi, drie Mississippi.

"Gevonden! Bedankt, mam! Het lag hier de hele tijd al."

Margaret nestelde zich weer onder de dekens en viel weer in slaap. Totdat haar man Michael terugkwam in hun kamer. Hij volgde een strikt regime. Eerst naar het toilet, dan handen wassen, tanden poetsen, flossen, tong schrapen met af en toe zeer hoorbare kokhalsgeluiden (waardoor ze vaak haar oren bedekte met het kussen.) Gevolgd door een kwartier douchen, scheren, nog meer tanden poetsen, föhnen, opmaken, eau de cologne. Alles tot op de seconde getimed.

Als hij klaar was, gooide hij de deur wijd open en ontsnapte de hete stoom voordat hij de kamer in ging. Ze keek toe hoe hij de vloer overstak alsof hij een vluchtende geest volgde. De geur van zijn eau de cologne en de warme stoom maakten haar slaperig en al snel zou ze weer in slaap vallen.

"Margaret, heb jij een verdwaalde manchetknoop gezien?"

Ze wipte haar hoofd op, "De laatste tijd niet," antwoordde ze terwijl hij de bovenste lade doorzocht zonder hem helemaal dicht te doen. Daarna opende hij de middelste lade en liet die gedeeltelijk open. Tenslotte trok hij de onderste lade er helemaal uit. De kast leek op een trap, maar het was een gevaar omdat hij elk moment kon omvallen. Ze stelde zich voor dat Tommy langsliep en dat de hele ladekast bovenop hem terechtkwam. De angst voor wat er zou kunnen gebeuren, verscheurde haar. Als ze hem eronder vandaan moest halen... had ze daar de kracht voor? Wat als... Ze sprong uit bed en deed elke lade dicht.

"Ik was van plan om het te doen," zei Michael terwijl hij de deur achter zich dichtsloeg op weg naar buiten.

Omdat ze al wakker was, drukte ze zich tegen de achterkant van de gesloten deur totdat Tommy van beneden riep: "Mam, ik kan mijn lunch niet vinden!".

"Het zit in je lunchtrommel, tweede plank, rechts van de koelkast."

"Nee, dat is het niet," antwoordde hij.

"Komt eraan," zei ze terwijl ze de deurklink vastgreep, maar voordat ze de tijd had om hem te openen riep hij: "Oh, nu zie ik het! Bedankt, mam."

Ze keerde terug naar haar kamer en mompelde *"graag gedaan"*, terwijl de zwarte spleet onder het bed lonkte. Ze kon er zo onder glijden zonder dat iets haar gezelschap kon houden, behalve de stofhazen. Daaronder zou ze haar eigen superkracht creëren - een beschermend schild van duisternis dat luide boze stemmen afweerde.

Stemmen die dichterbij kwamen maakten de beslissing voor haar en ze klauterde de donkere ruimte in. In de knusse omgeving vertraagden haar ademhaling en hartslag. Ze sloot haar ogen, drukte zich plat, reikte met haar hand omhoog, trok het dekbed naar de grond en sleepte het onder en over haar hele lichaam alsof ze een fort had gebouwd.

Michael kwam terug in hun kamer. "Schat?" zei hij.

Tommy stond even stil bij de deur, "Misschien is ze in de badkamer?"

Michael keek even en wierp toen een blik op het bed.

"Ze ligt er toch niet weer onder?" fluisterde Tommy.

"Eens kijken," hoorde ze Michael antwoorden.

De twee lieten zich op de grond zakken en gluurden in de duisternis. Ze zagen wat beweging onder de deken. Michael keek naar zijn zoon en bracht toen zijn vinger naar zijn lippen. Hij knikte, blij dat hij zijn vader eerst aan het woord liet.

"Lieverd," zei Michael met een kalmerende stem, "zou je het erg vinden om mijn broek en overhemden naar de stomerij te brengen?" Hij opende zijn mond en sloot hem weer.

Arme Margaret kon niet geloven dat hij haar een to do-lijst gaf en tegen haar praatte alsof ze zich elke dag van haar leven onder het bed verstopte. Het irriteerde haar mateloos.

Hij begreep de hint niet en vervolgde: "Oh, en ik vergat je in het weekend te vragen of ik een paar vrienden mocht uitnodigen. Vanavond. Voor een klein feestje. Een feestje van acht, inclusief ons. Sorry voor de korte termijn. Ik wilde het je in het weekend vragen."

Tommy maakte aanstalten om zich bij zijn moeder in haar eenzame cocon te voegen. In plaats daarvan hinkte ze naar buiten. Ze ging rechtop staan en stofte zichzelf af. Ze staarden haar aan, maar zeiden niets. "Jullie twee gaan nu naar beneden," zei ze nog steeds terwijl ze het warme dekbed vasthield.

Michael wierp een blik op zijn horloge.

"Ik ben in orde, perfect in orde. Ik kom er zo aan, alsjeblieft."

Ze legde het dekbed terug op het bed.

"Oké," antwoordde ze, terwijl ze weggingen.

Toen ze weg waren, reikte ze over het bed. Ze deed de elektrische deken aan de kant van haar man uit. Terwijl ze haar kamerjas en pantoffels aantrok, stelde ze zich voor dat ze vergat zijn deken uit te doen. Zou het huis afbranden? Waarschijnlijk wel. En het zou haar schuld zijn. Alles was altijd haar schuld.

Ze deed haar kamerjas dicht en deed haar haar goed in de spiegel. Ze moest met Michael praten over het etentje. Acht mensen. Vanavond. Het was tenminste niet zo erg als de vorige keer toen er twaalf waren, of de keer daarvoor toen er achttien waren geweest. Toch had ze hem bij andere gelegenheden zoals deze al zo vaak gevraagd om haar meer tijd te geven. De laatste keer dat ze alles af had - nou ja, bijna alles - had ze geen tijd gehad om haar nagels te lakken. Michael wees haar daar ongemakkelijk op in het bijzijn van de gasten en zelfs hun zoon had genoeg emotionele intelligentie om van onderwerp te veranderen voordat ze in tranen uitbarstte.

In de gang maakten haar konijnenslippers vonken terwijl ze liep, waardoor ze schokken kreeg terwijl ze sokken, ondergoed en een manchetknoop opraapte. Stukjes en beetjes werden voor haar achtergelaten als een spoor dat haar naar beneden leidde, naar waar ze wachtten.

Beneden stond ze nu in de gang die naar de woonkamer leidde. Toen ze binnenstapte, zag en hoorde ze haar man op toast krakelen terwijl hij een kopje thee met zijn pink omhoog hield. Naast hem zat Tommy, die Rice Crisps naar binnen schrokte en zijn mond miste. Melkdruppels en cornflakes verzamelden zich tussen zijn voeten en maakten een kletterend geluid terwijl ze het tapijt raakten.

Ze maakte een notitie om het tapijt in de droger te gooien als ze weg waren, opgelucht dat de stof op de vloer de vloeistof opving in plaats van vlekken te maken op het laatste schone schoolshirt van haar zoon. Ze voegde er nog een mentale notitie aan toe om nieuwe shirts voor hem te bestellen - hij groeide zo snel; het was moeilijk om de groeispurten bij te houden.

"Goedemorgen," zei Margaret net toen Fred Flintstone riep: *Wilma!*

Haar familie erkende haar aanwezigheid door een blik in haar richting te werpen en barstte toen samen in lachen uit terwijl Barney en Fred hun gebruikelijke capriolen uithaalden. Ze konden tenminste met elkaar opschieten. De Flintstones was één ding waar ze het allebei over eens waren.

Toen er een reclameblok was, zei ze: "Over dat etentje, Michael." Hij draaide het volume van de set omlaag. Tommy protesteerde en at toen zijn cornflakes op.

"Sorry daarvoor," zei haar man. "Ik was in het weekend met mijn baas aan het praten tijdens de golfwedstrijd. Ik weet niet zeker hoe het hier terecht is gekomen, maar voor ik het wist was ik de gastheer van het evenement. Het hoeft niet zwart te zijn of iets bijzonders. Drie gangen, plus dessert moet genoeg zijn."

"Wie zijn onze gasten? Van wat voor soort eten houden ze? Allergieën? Vegetariërs?" Ze pauzeerde. "Waarom zetten we de grill niet aan?"

"Nee, het grill-idee is geweldig voor een weekendje weg, maar dit is zakelijk gemotiveerd."

Ze zuchtte.

Hij vervolgde: "Mijn baas en zijn vrouw, Jim en Dave van marketing, Lucy en haar man William van juridische zaken. Ik denk dat Lucy vegetariër of veganist is. Lance van financiën en zijn vrouw - ik heb haar nog niet eerder ontmoet. Hij is nieuw in ons team." Hij wierp een blik op zijn horloge en sprong op.

Margaret pakte zijn mouw. Ze stopte de ontbrekende manchetknoop erin en wurmde zich toen recht voor haar man in de hoop een kus te krijgen.

Michael aarzelde even voordat hij Margaret gaf wat sommigen als een kus zouden bestempelen - zij niet. Het was meer een vluchtige kus toen hij voorbij gleed. De lippen van het stel hadden elkaar nauwelijks geraakt.

Voordat Margaret iets kon zeggen, gooide Mark de deur achter zich dicht.

Ze sloeg haar armen weer om zich heen. Het leek er even op dat Tommy haar een knuffel zou geven. Ze opende haar armen en hij stak zijn arm in haar richting, met zijn handpalm naar boven. Ze sloeg haar armen over elkaar, terwijl hij meteen overging tot Sales Pitch 101.

"Weet je mam, vandaag is het hamburgerdag - twee voor de prijs van één - en ik heb geld nodig. Het geld is voor het goede doel en ik heb al mijn zakgeld deze week al uitgegeven."

"Hoe zit het dan met de lunch die ik heb gemaakt?"

"Geen probleem, die eet ik wel op tijdens de pauze."

Margaret gaf hem een klopje op zijn hoofd en ging toen naar de keuken waar haar tas aan de haak hing. Terwijl ze naar binnen reikte, wierp ze een blik op de staat van haar keuken.

Wat een puinhoop! En ze moest alles spic en span krijgen voor een etentje vanavond. Geen probleem!

Ze had alleen een briefje van tien dollar, dat ze in zijn nog wachtende hand stopte. "Breng me wisselgeld," zei ze terwijl hij met een ferme klap van de deur het huis verliet.

Terug in de woonkamer sloten *The Flintstones* af met "You'll have a gay old time!". Margaret neuriede mee terwijl ze het kleed over haar schouder gooide en de vuile kop en schotel, het glas en de kom bij elkaar raapte.

In de keuken stopte ze het kleed in de wasmachine, het ontbijtgerei in de afwasmachine en schonk zichzelf een kop thee in uit de lauwe pot. Ze ging terug naar de woonkamer, waar het een stuk minder rommelig was. Ze bladerde door de kanalen en kwam Judge Judy tegen. Ze kon niet anders dan de vrouw bewonderen, die totale controle had over alles en iedereen in haar rechtszaal.

Haar vrienden zeiden dat ze eerder moest opstaan dan haar familie, dat zou de chaos en de rommel tot een minimum beperken. Dan zou ze de situatie onder controle hebben. Anderen zeiden dat ze een baan moest zoeken en eerder het huis uit moest gaan dan zij, zodat ze voor zichzelf moesten leren opkomen. Maar ze was zo moe, zo onzelf deze dagen, om nog maar te zwijgen van het feit dat ze niet meer had gewerkt sinds de geboorte van haar zoon. Wie zou haar nu nog aannemen?

Margaret was steeds ontevredener geworden met haar lot, terwijl ze haar leven overgaf aan de behoeften van degenen van wie ze hield. Ze nam het het altijd geven kwalijk, hoewel het haar keuze was om dat te doen. Dan klom ze op de trein van schuld en zelfmedelijden. Maakte iedere moeder hetzelfde mee? Deze leegte? Dit duwen en trekken in zichzelf, waardoor er een leegte ontstond. Die leegte in haar binnenste, die ze als een zomerstorm over alles in haar leven liet razen. Ze was een orkaan die stond te gebeuren en vandaag was de dag waar ze zo bang voor was geweest.

Ze douchte en kleedde zich aan, zonder te stoppen voor het ontbijt maar met de tijd om het kleed in de droger te gooien, en met een vurig verlangen om weg te gaan. Weg. Waar dan ook, weg.

Margaret wees haar auto in de richting van het winkelcentrum en reed. Parkeerde. Op weg naar binnen was een jongeman karretjes aan het schuiven. Met de hulp van de wind waren er verschillende op weg om te ontsnappen. Ze overwoog iets te zeggen om de last van de man te verlichten, maar in plaats daarvan glimlachte ze naar hem. Onder zijn adem noemde hij haar een kreng.

De huisvrouw negeerde hem en haastte zich naar binnen. Ze kon het niet helpen, maar vroeg zich af waarom haar empathische gebaar alleen maar tot misbruik had geleid. *Laat maar*, dacht ze, en verlegde haar aandacht naar het probleem dat voor haar lag: de voorbereidingen voor het etentje. Maar eerst: wat ging ze aantrekken? Zou ze zichzelf trakteren op een nieuwe outfit? Winkelen had haar in het verleden wel eens opgefleurd. Misschien zou het vandaag ook lukken?

Margaret liep door de modegang en vond in een etalage een etalagepop met een chique pak dat haar wel beviel. Ze waagde zich naar binnen, waar overal spiegels haar overvielen. Ze trok zich terug.

Op de roltrap zag ze een haar- en nagelstudio. Ze wierp een blik op haar nagels. Ze deed ze liever zelf thuis zodra ze wist wat ze zou dragen - ze zou er tijd voor maken. Maar haar haar, dat was een andere zaak.

Ze stond buiten de salon en keek naar de stylisten die druk in de weer waren. Het leek een rustige dag te zijn in de salon, want er was maar één stoel bezet. Ze overwoog om naar binnen te gaan en met iemand te praten, maar besloot het niet te doen toen ze een blik op haar telefoon wierp. De tijd tikte weg en ze had al veel te veel te doen.

Een knipperend neonlicht trok haar aandacht. Er stond op:

Reis naar je droombestemming. Alleen vandaag uitverkoop!

Ze was niet langer Margaret, ze was Margarita in Cuba. Ze waande zich in Cuba en voerde de rhumba uit. Dan was ze in Australië, dansend in de Outback. Echt niet! Dat was veel te ver weg.

Een jongeman van ongeveer de helft van haar leeftijd merkte haar op. "Ik kom zo bij je," zei hij. Hij keerde terug naar zijn telefoongesprek.

Ze waagde zich naar binnen en ging ongemakkelijk bij de balie staan. Ze luisterde naar de kalme stem van de jongeman. Soms erkende hij haar aanwezigheid met een glimlach. Na enkele ogenblikken stopte hij met praten en hield zijn hand boven de telefoon.

"Schenk jezelf een kopje koffie of water in terwijl je wacht. Ik blijf niet lang weg. Oh en voel je vrij om door de brochures en tijdschriften te bladeren. Ik kom er zo aan."

Margaret schonk zichzelf een dampend hete kop koffie in en voegde er room en een klontje suiker aan toe. Ze wierp een blik in de richting van de jongeman aan de telefoon toen ze een doos koekjes zag staan. Alsof ze zijn toestemming vroeg.

Hij legde zijn hand weer over de hoorn: "O ja, neem gerust een paar koekjes. Graag gedaan."

"Dank je," fluisterde ze, terwijl ze een koekje pakte. Het was hemels chocola.

Terwijl ze wachtte, bladerde ze door wat tijdschriften. De eerste ging over Zwitserland. Nu was ze Maggie die zich klaarmaakte om te gaan skiën in Zermatt met de lange, blonde en knappe skileraar Sven die haar hielp met haar ski's. Nu waren ze klaar met skiën en bood hij haar aan om te gaan skiën. Nu ze klaar waren met skiën, bood hij haar een warme kop chocolademelk aan. Ze zwijmelde en reikte ernaar, maar wimpelde hem toen weg.

Ze pakte nog een brochure voor Hawaï en stelde zich voor dat ze op het strand van Waikiki lag te hoelahoepen met George Clooney. Toen keek ze naar beneden, realiseerde zich dat ze een bikini droeg en slaakte een gil.

Margaret keerde terug naar de werkelijkheid en keek in de richting van de jongeman die nog steeds aan het bellen was.

Hij had haar uitbarsting niet opgemerkt. Oef. Ze nam nog een hap van het chocoladekoekje. Het dragen van een bikini of een ander soort badpak was uit den boze.

Aan de muur zag ze een poster met reclame voor een reis naar Groot-Brittannië. Beefeaters. Met van die gekke hoge hoeden op. Nu was ze Cathy, op zoek naar Heathcliff op de Yorkshire Moors. Het was een koude en winderige dag, maar ze wandelden en genoten van de frisse lucht...

"Kan ik u helpen?" vroeg de jongeman.

Heathcliff verdween. "Uh, gewoon aan het dromen," antwoordde Margaret met blozende wangen.

De jongeman klikte op zijn toetsenbord en keek naar het scherm. Hij draaide de computer naar haar toe. "Dit zijn de eenmalige last-minute aanbiedingen van vandaag. Ze zijn net binnengekomen!"

Geïntrigeerd kwam ze dichterbij.

"Als je geïnteresseerd bent in Engeland, zul je een prijs als deze nooit meer vinden."

"Ik heb altijd al een bezoek willen brengen aan Groot-Brittannië."

"Deze prijs," zei de jongeman, "is inclusief een huurauto en een combinatie van hotels en B&B's. Je kunt rondreizen en dan kiezen waar je wilt verblijven. Je zou kunnen rondreizen en dan kiezen waar je wilt stoppen en overnachten."

"Ik weet niet hoe ik daar moet rijden, rijden ze niet aan de andere kant?"

"Dat klopt, maar je pikt het zo op."

***

Margaret keerde terug naar huis en plaatste een afhaalbestelling. Ze koos verschillende gerechten van het menu om aan elke behoefte te voldoen. Ze zette de Chardonnay, de Rose en het bier in de koelkast. De vier flessen rood zette ze in het wijnrek.

Ze bond een schort om haar middel en ging stofzuigen en afstoffen. Ze legde het schone tapijt in de woonkamer op zijn plaats. Toen alles perfect was, dekte ze de tafel met plaatsen voor zeven aan tafel. Michael wilde niet riskeren dat Tommy een scène zou veroorzaken. Niet in het bijzijn van zijn baas en collega's. Ze maakte een dienblad klaar en zette het op het aanrecht zodat hij het mee kon nemen naar zijn kamer.

Margaret ging naar haar kamer en pakte een koffer en een handbagage. Ze bestelde een Uber om haar op het vliegveld af te zetten.

Drie uur later stapte ze in het vliegtuig en al snel vloog ze naar het Verenigd Koninkrijk.

Toen ze uit het raam keek, overviel haar een fractie van een seconde een schuldgevoel. Ze vocht ertegen.

Ze had een briefje op de koelkast gelegd waarop stond dat ze wegging.

Margaret had niet gezegd waar ze heen ging of wanneer ze terug zou komen.

Ook niet dat ze een enkele reis had gekocht. Ze zouden het wel uitzoeken.

DE PARAPLU EN DE WIND

Het was vrijdag de 13e en de wind gierde in het rond. Dingen die niet bedoeld waren om te vliegen, stuiterden en rinkelden. Over en weer. Overal om me heen.

Op zo'n dag zouden sommige gepensioneerden in bed zijn gebleven, maar ik niet. Waarom zou ik naar buiten gaan op zo'n vreselijke dag? Om deze reden en deze reden alleen - ik had een sterke kop koffie nodig.

Ik speelde dus trefbal, bukte en dook om het huis uit te komen en in mijn auto te stappen. Daarna ging ik op weg naar de dichtstbijzijnde drive-through. Ik was niet de enige die dapper genoeg was om het onbekende in te trekken om mijn cafeïneverslaving te genezen.

De rij schoof langzaam op. Ik bestelde een Extra Strong Vanilla Latte en kroop met de auto naar het loket om te betalen.

Ik reikte naar mijn portemonnee en ontdekte dat ik die thuis had laten liggen.

De dame aan het loket stak haar hand uit en trok hem weer naar binnen om een takje te ontwijken dat tegen mijn raam stuiterde en vervolgens tegen de hare.

"Wisselgeld," zei ik toen de vrouw haar hand weer uitstak. Ik doorzocht nog steeds het handschoenenkastje en de vakjes voor de bekers. Na het tellen had ik achtenzeventig cent. Onder mijn stoel lag nog een dollar. Ik zocht verder, terwijl de auto's achter me wachtten en de man direct achter me toeterde, anderen volgden.

"Dat is genoeg," zei de vrouw, terwijl ze de munten aannam en me de koffie overhandigde.

Ik glimlachte mijn grootste glimlach en zei: "Dank je," ik sloot het raam en reed weg, altijd zo dankbaar. De koffie rook hemels, maar ik nam pas een slok bij het eerste rode licht.

Terwijl ik wachtte, nippend, genietend, kraakte een onbeheerde paraplu met zijn houten handvat mijn voorruit voordat hij wegstuiterde en op een nabijgelegen boomtak tot rust kwam.

Ik realiseerde me niet eens dat de java me verbrandde tot het licht veranderde. Ik stopte veilig en stapte uit het voertuig. Er gaat niets boven hete koffie die langs je been in je sokken en schoenen loopt. Ik schudde mijn been, als een hond die net een bad heeft gehad.

Ik zag het aankomen, maar het was te laat.

Die verdomde paraplu. Opnieuw.

***

Ik werd wakker, nog steeds op de parkeerplaats met het handvat van de paraplu om mijn nek. Ik was hard gevallen, maar had de autodeur kunnen vastgrijpen op weg naar beneden, wat op de ene manier goed was en op de andere slecht, omdat het mijn hachelijke situatie verborg.

Het beton onder me voelde koud en sponsachtig aan. Ik probeerde op te staan, maar de wind ving de paraplu en zette hem voort als een eigenzinnig onkruid.

Ik stond nog niet, maar lanceerde mezelf omhoog en duwde mijn gewicht tegen de autodeur. De plotselinge klik van het portierslot voorspelde niet veel goeds voor me - ik had de sleutels in het contact laten zitten. Ik voelde naar mijn telefoon en besefte al snel dat die thuis in mijn handtas lag.

Ik leunde met gekruiste armen tegen de auto in de hoop een barmhartige Samaritaan aan te trekken.

In de verte zag ik de paraplu die zich een weg naar elders baande. Oeps. Een tegenligger die de wervelende derwisj probeerde te ontwijken, botste achterop een andere auto. Iemand zou nu de politie bellen. Ik zou ze uitzwaaien om me te helpen. Allemaal goed en wel.

Het duurde niet lang voordat de paraplu weer weg was en op volle snelheid mijn kant op raasde. Was ik een paraplu-magneet? Deze keer vloog hij hoog en draaide rond. Het was een schoonheid in de verte. Hij opende zich naar de hemel in al zijn zwartheid. Het was fascinerend, zo hoog ging het, en je kent het oude gezegde, 'Wat omhoog gaat,' wel, het bleek waar te zijn toen het verdomde ding naar de grond stortte met het potentieel om me voorgoed knock-out te slaan. Net als het motto van de padvinders was ik voorbereid en in plaats van te wachten tot het mijn hoofd zou raken, stak ik mijn hand uit en greep hem bij het handvat.

Ik hield me stevig vast, in de hoop niet zelf Mary Poppins te worden. Mijn voeten verlieten de grond, maar slechts voor een seconde of twee voordat ik sirenes hoorde en schoenen die op het trottoir sloegen.

Een jonge vrouw legde haar hand over de mijne op het handvat. We stabiliseerden ons, terwijl meer voetstappen door de straten liepen toen de eigenaar op de knop klikte en de inklapbare kap sloot.

***

Na de vreemde ochtend ging ik naar huis en legde mijn voeten omhoog. Ik weigerde te bewegen tot de wind ging liggen. Ik hield me aan het plan totdat mijn zoon me vroeg om hem iets na half acht op te halen bij zijn vriend aan de andere kant van de stad. Het was de bedoeling dat de ouders hem thuis zouden brengen, maar ze waren nerveuze chauffeurs, vandaar mijn oproep.

De barst in mijn voorruit was een constante herinnering aan hoe mijn dag tot nu toe verliep. Ik wachtte nog steeds op bericht van mijn verzekeringsmaatschappij over het eigen risico. Ze onderzochten de 'daad van God' hoek.

Ik nam contact op met de politie, die zei dat ze het bestaan van de paraplu zouden verifiëren, maar niet dat er een verband was met mijn voorruit. Toen ze me zagen, hield ik de paraplu vast.

Ik voelde me erg boos op de persoon die had verzuimd om zijn baldakijn vast te houden, en wilde de gemeente aanschrijven om een paraplubeleid aan te vragen. Dan kon ik ze mijn eigen risico laten betalen, of nog beter, ze aanklagen.

Ik startte de auto en reed achteruit de oprit af, me bewust van rondvliegende voorwerpen, toen mijn oog viel op een groene fles. Hij draaide en draaide rond in een cirkel, alsof denkbeeldige mensen een spelletje draaiknop speelden. Het kwam meestal niet van de grond en zag eruit als een langwerpig groen ruimteschip terwijl het opsteeg, steeds hoger en hoger ging, dan neerstortte, ronddraaide en weer omhoog ging. Ik ging verder, toevallig in dezelfde richting als de fles.

Toen ik een man en een vrouw naar elkaar toe zag lopen terwijl de fles een gevaarlijke salto maakte, opende ik mijn raam en riep hen. Toen ze niet reageerden, toeterde ik. De fles, nu hoog in de lucht, begon een vrije val naar hen toe te maken.

De fles kwam naar beneden en raakte met volle kracht het hoofd van de vrouw. De groene fles ketste af en raakte het hoofd van de man. Het onverschillige groene object steeg en viel een paar keer voordat het tegen de stam van een boom tot stilstand kwam.

Ik zette mijn vier richtingaanwijzers aan en zette de motor af voordat ik uit de veiligheid van mijn auto stapte en de gevaarlijke wind weer inliep.

Zowel de man als de vrouw waren bij bewustzijn, maar ze bewogen niet en probeerden ook niet op te staan. Ik voelde de pols van de vrouw, daarna die van de man en beoordeelde de situatie, terwijl ik terugdacht aan mijn EHBO-training van jaren geleden. Ik belde 911. De centralist stelde een paar vragen, maar door het gekraak achter ons gingen de mensen rechtop zitten.

We keken toe hoe de wind bleef bulderen, waardoor de fles in het rond vloog. De majestueuze treurwilg boog zich voorover om hem op te rapen, maar te laat. De wind brak zijn dikke torso doormidden en toen de boom de grond raakte, deed de galm de aarde onder ons schudden.

"Kom op!" riep ik.

Terwijl de wind ons op de hielen zat, maakten we dat we weg kwamen.

***

Eenmaal in het heiligdom van mijn auto en vastgegespt, zette ik het gaspedaal in. De fles was niet meer in zicht en we reden verder om mijn zoon op te halen.

Na even op adem te zijn gekomen, stelden we onszelf voor.

Brent Welch was een lange en erg knappe man, met donker haar en blauwe ogen. Hij had een kuiltje in zijn kin zoals Cary

Grant. Hij was partner bij een plaatselijk advocatenkantoor, sprak goed, had opvallend goede manieren en was vrijgezel.

Eileen Manny, ook single, had lang blond haar en droeg te veel make-up. Ze was een gereserveerde en zachtaardige cosmeticavertegenwoordigster dus haar 'gezicht was haar palet'.

Ik stelde mezelf voor. "Mijn naam is Alice Mitchell. Ik ben onlangs weduwe geworden en gepensioneerd lerares op een middelbare school."

Nu we elkaar kenden, bedankten ze me voor de redding. Toen vroegen ze naar de barst in de voorruit, net toen Jasper in het voertuig klauterde en zijn gordel omdeed.

Na de kennismaking vertelde ik verder over de paraplu. Mijn passagiers bulderden van het lachen.

"Wat is er zo grappig?" vroeg ik.

"Het had niemand anders kunnen overkomen," antwoordde Jasper.

We gingen op weg naar huis en lieten Mark en Eileen onderweg achter.

Toen we er eindelijk waren, besefte ik dat er nog twee uur over waren op deze meer dan bewogen vrijdag de 13e. Ik klom in bed, trok de dekens over mijn hoofd en probeerde te slapen.

Ik had geen idee wat me nog te wachten stond.

***

De volgende ochtend, zaterdag de 14e, duurde het een paar minuten voordat ik wakker werd. Het was alsof er in mijn droom aangebeld werd, totdat mijn zoon Jasper op de deur van mijn slaapkamer klopte.

"Mam het is voor jou - de politie."

Ik gooide de dekens terug, trok mijn nachtjapon over mijn hoofd, verving hem door een joggingpak en borstelde mijn haar met mijn vingers voordat ik naar buiten stapte.

Mijn zoon, die weinig etiquette heeft over deze dingen ook al is hij opgevoed met uitstekende manieren, had de agenten op de veranda laten staan.

Toen ik mijn hoofd naar buiten stak, half naar binnen en half naar buiten, stak de wind op en trok de deur bijna uit mijn handen.

De officieren zagen er verfomfaaid uit, wat vroeger 'verwaaid en interessant' werd genoemd. Het stoere stel officieren was knap genoeg om als stripper van de Thunder from Down Under te fungeren. Ik nodigde ze uit binnen te komen.

"Nee, dank u, mevrouw," zei de blonde man, die toen hij zijn pet afdeed op die andere man leek, die ene die niet 'Ponch' van C.H.I.P.S. was.

'Jon,' zei ik hardop zonder het te bedoelen (de naam van de blonde jongen van C.H.I.P.S. was net in me opgekomen).

"De naam is Marshall," zei de blonde. "Mijn partner is agent Ramsey."

"Aangenaam kennis te maken. En wat kan ik voor u doen?"

Blondie zei: "We kregen gisteren een melding van een verlaten 911 oproep van u, kunt u uitleggen wat er gebeurd is?"

"Ik zag een man en een vrouw naar elkaar toe lopen terwijl ze voor een rood licht stonden te wachten. De fles viel me op."

"In volle vlucht?" vroeg Ramsey.

Ik knikte. "Ja, de fles ging omhoog en kwam toen weer naar beneden. Ik probeerde hun aandacht te trekken, maar voor ik het wist raakte de fles eerst de vrouw en daarna de man. Ze gingen allebei hard neer op de stoep."

"In welke staat waren ze toen je ze bereikte en hoe lang duurde het voordat je er was?" vroeg Jon, ik bedoel Marshall.

"Ik parkeerde binnen een paar seconden en ging meteen naar hun kant."

Ramsey was de notulist, hij schreef alles op wat ik zei.

Marshall had zijn telefoon op me gericht; hij nam alles op wat ik zei.

Ik vermoedde dat het goed was, hoewel ik er op dat moment niet aan twijfelde.

"Ze waren bij bewustzijn, ademden en hadden een sterke hartslag. Nadat ik dit bevestigd had, belde ik 911."

"Wat gebeurde er toen?"

"Er viel een enorme boom naar beneden en we renden naar mijn auto."

"Heeft een van hen gevraagd om naar een dokter te gaan of naar de Eerste Hulp?"

"Nee, ze waren klaarwakker. We lachten en praatten. Hun huizen lagen op de terugweg, we hebben ze afgezet en het was geen enkel probleem."

We zwegen.

***

"Waar gaat dit allemaal over?" vroeg ik, terwijl ik voelde hoe de wind door mijn trainingspak sneed.

"Heb je een van hen ooit eerder ontmoet?" vroeg Marshall. "Hun huizen zijn tenslotte niet ver van die van jou."

"Nee." Ik bleef stil staan en probeerde te begrijpen waar ze heen wilden met hun vragen. Wat maakte het uit of ik een van hen eerder had gezien? Binnen zette mijn zoon de televisie aan en het geluid schalde door. Ik deed de deur achter me dicht en stapte naar buiten.

"Wat voor fles was het?" vroeg Ramsey.

"Het was een groene fles."

De twee agenten wisselden blikken uit.

"Klopt het dat je gisteren nog een incident had met een paraplu?" vroeg Marshall.

"Ja, het was een verschrikkelijke vrijdag de 13e."

"Het zit zo," zei Ramsey. "Welch en Manny zijn gestorven."

***

Ik werd wakker van het flauwvallen en zag drie bezorgde gezichten op me neerkijken. Twee daarvan waren van agenten Ramsey en Marshall. In hun handen hielden ze exemplaren van Reader's Digest die ze als waaiers naar me zwaaiden. Het andere was van Jasper, die een glas water vasthield waaruit hij af en toe druppels op mijn voorhoofd spoot.

"Gaat het, mam?"

Ik was er niet honderd procent zeker van. Toch probeerde ik rechtop te gaan zitten om nog meer aanvallen van Reader's Digest en water te vermijden.

"Je had een beetje een schok," zei Ramsey, net toen twee ambulancemedewerkers naar me toe kwamen. De ene controleerde mijn pols, de andere deed de bloeddrukband om en begon te pompen. Beiden zeiden: "Alles goed."

Ik probeerde ze naar de deur te begeleiden, maar ze zeiden dat dat niet nodig was.

Ramsey ging tegenover me zitten.

De vlinders in mijn buik fladderden in het rond en ik voelde me nog steeds een beetje gevoelig terwijl vragen over rondvliegende flessen die mensen doden door mijn hoofd zweefden.

Ik dacht dat ik alleen de laatste gedachte had, totdat Ramsey antwoordde: "We weten de doodsoorzaak nog niet. De lijkschouwer is de lichamen aan het onderzoeken."

"Het viel ons op dat je een grote barst in je voorruit hebt," zei Marshall. "Is een van hen er tegenaan gereden?"

"Nee, het werd veroorzaakt door de paraplu."

"Ik denk dat we genoeg informatie hebben," zeiden de agenten.

Jasper liet ze uit.

Ik ging naar de keuken, zette een sterke kop thee en opende een pak chocoladekoekjes. Buiten hoorde ik de wind die de bladeren in het rond blies. Ik opende de achterdeur en vroeg moeder natuur om op te houden.

Zoals verwacht negeerde ze mijn verzoek.

***

Zondag was een rustige dag. Ik bleef op mezelf en Jasper behandelde me alsof het Moederdag was met ontbijt, lunch en diner op bed. Nog steeds in shock, accepteerde ik met plezier de rol van invalide voor één dag en slechts één dag.

Maandagochtend ging ik meteen op weg naar de winkel waar het glas werd vervangen. Ik hoefde alleen maar het eigen risico te betalen en ze zouden het ter plekke repareren.

Mijn telefoon ging en het was agent Ramsey. Hij vroeg me naar het bureau te komen, "En neem je auto mee."

Ik legde uit waar ik was en waarom. Hij zei dat mijn auto werd "onderzocht." Hij zei dat ik een paar dagen zonder auto zou zitten.

Ik zei dat ik er zo snel mogelijk zou zijn en verliet het terrein.

Later stond ik voor een rood licht te wachten toen ik een jong stel zag lopen dat elkaars hand vasthield. In zijn andere hand had hij een kop koffie. Zij dronk uit een groene fles. Het ene moment waren ze gelukkig, het volgende moment liet ze zijn hand vallen alsof het een hete aardappel was. Hij op zijn beurt liet zijn hete koffie vallen en het morste over zijn broek en schoenen.

In een flits van een seconde raakte hij de bodem van haar fles en die vloog de lucht in. Degenen onder ons die bij het stoplicht stonden te wachten, zagen het omhoog gaan. Het leek wel een raket, die zo hoog de lucht in vloog.

Hij kwam net naar beneden toen het jonge stel opkeek.

Het raakte eerst het hoofd van de vrouw, ketste af op het hoofd van de man en rolde over de stoep de straat op.

Ik stapte als een speer uit mijn auto en belde 112 onderweg. Anderen volgden me en stapten uit hun voertuigen. We blokkeerden het hele kruispunt.

Het meisje was bewusteloos en de man was klaarwakker.

"Er is een ambulance onderweg," zei ik.

We hoorden de sirenes. Zagen de politiewagens.

"Wat doen jullie hier in hemelsnaam?" vroeg Ramsey.

"Oh boy," antwoordde ik.

***

Ik legde de situatie uit. Er waren deze keer genoeg getuigen.

Nadat de ambulance het stel naar binnen had gebracht en gillend was vertrokken, zeiden de agenten dat iedereen het gebied moest ontruimen, behalve ik. Ze hadden al met de meeste getuigen gesproken.

"Arresteert u mij?"

Ze wisselden blikken uit.

"Moet mijn voertuig nog in beslag genomen worden?" Ik was aan het opscheppen, ik had genoeg politieshows gezien.

"U kunt naar huis gaan," zei Ramsey.

"We weten waar je woont," zei Marshall met een grijns. "Verlaat alleen de stad niet, oké?"

Ik lachte en ging op weg.

***

Op weg naar huis waren er geen incidenten.

Ik zette de gebraden kip in de oven, schilde de aardappelen en sneed wat groenten, terwijl ik dacht aan groene flessen in de lucht.

Ik ging naar mijn kantoor en typte 'vliegende flessen' in een zoekmachine. Die linkte me naar een jongen op YouTube die snoep in een fles stopte en die vervolgens op de grond kapot sloeg. Er gebeurde niets. Geïntrigeerd bleef ik kijken. De volgende keer dat hij de fles kapot sloeg, vloog de fles als een raket de lucht in nadat hij het gezicht van een cameraman had geraakt.

Toen kwam ik enkele experimenten van Myth Busters tegen die bevestigden dat een volle fles de potentie had om een schedel te kraken. Lege flessen daarentegen niet - die mythe was echt ontkracht door de twee recente sterfgevallen.

Ik zette de computer uit. Ik wilde hier niet meer aan denken.

Op het juiste moment kwam Jasper binnen. "Alles oké mam?"

Ik vertelde hem over het laatste incident en de experimenten op YouTube.

"Je maakt een grapje, toch?"

Ik schudde mijn hoofd en ging naar de keuken om in de aardappels te roeren.

"Als klap op de vuurpijl waren de agenten die ter plaatse werden geroepen Ramsey en Marshall. Ze denken vast dat ik een soort vloek ben."

"Het is een kleine stad mam, we zitten allemaal in elkaars zaken. Heeft iemand het incident opgenomen met zijn telefoon?"

Uit de mond van kinderen. Als dat zo was, stond het misschien online. "Hoe vind ik het? Welke sleutelwoorden moeten we gebruiken?"

We gingen terug naar mijn kantoor en daar was het.

"Je moet het de agenten vertellen."

Agent Ramsey antwoordde meteen. Jasper stuurde hem de directe link terwijl ik hem de details vertelde.

De aardappels waren bijna klaar, dus ik goot het water eruit en voegde wat zout en peper toe.

Jasper en ik gingen aan tafel met het geluid van de televisie op de achtergrond. Er was een update over het echtpaar dat door de fles was geraakt. We legden ons bestek neer en gingen dichterbij zitten. De omroeper zei dat de toestand van het meisje kritiek was, maar dat de jongen gelukkig stabiel was.

We hadden geen honger meer.

***

Ik sliep niet veel, bleef woelen en draaien.

Uiteindelijk gaf ik toe en zette ik een kopje thee.

Ik stond erbij en keek uit het raam naar de wind die nog steeds waaide en dingen in het rond wervelde. Ik rilde.

In mijn leven gebeurden goede en vreselijke dingen altijd in drieën.

Ik ging naar mijn kantoor en klikte wat informatie aan over bovennatuurlijke gebeurtenissen, inclusief voorgevoelens. Alle tekenen waren er. Het universum probeerde me iets te vertellen.

Maar wat?

De tekenen suggereerden dat het een boze geest kon zijn, iemand die was vermoord of gedood voor zijn tijd. Iemand die rondhing, op zoek naar wraak. Ik zag geen verband met de slachtoffers. Het waren tenslotte volslagen vreemden.

Ik begon woedend te typen. Het maken van lijstjes hielp me altijd om dingen uit te zoeken.

In kolom één zette ik mezelf. Alleenstaand. Weduwnaar. Gepensioneerd. Eén zoon. Vijfendertig jaar getrouwd. Echtgenoot overleden aan darmkanker. Fase 4. Mijn beide ouders waren overleden. Ik was enig kind. Onze familie had altijd in de buurt gewoond. Onze genealogie ging ver terug in dit gebied.

In lijst nummer twee zette ik Brent Welch. Hij was drieëndertig jaar oud en advocaat. Ik googelde zijn overlijdensbericht. Hij was vrijgezel. Nooit getrouwd. Woonde alleen. Zijn familie stamde ook uit deze streek. Waarom hadden we elkaar nooit eerder ontmoet? Zijn familieleden speelden een belangrijke rol bij het bewoonbaar maken van onze gemeenschap in de tijd van de pioniers. Zijn vader en moeder waren allebei overleden. Hij was enig kind.

We hadden een paar dingen gemeen. Dat deed me rechtop zitten.

In de volgende kolom zette ik Eileen Manny. Ze was negenendertig jaar oud. Ze had een tweelingzus, Esther, die in de buurt woonde. Tot zover die theorie. Ze hadden lokale wortels, maar die gingen niet zo ver terug als Brent en de mijne. Eileen was getrouwd, maar haar man was overleden. De ouders van Eileen leefden allebei nog, maar ze waren verhuisd. Eileens dochter ging naar dezelfde school als Jasper. Vreemd dat onze paden elkaar niet eerder hadden gekruist.

Mijn lijsten bevatten weinig informatie en waren absoluut geen hulp.

Slaperig ging ik terug naar bed, waar lijsten met nutteloze informatie in mijn hoofd ronddwarrelden.

***

Het regende extreem hard, maar de wolken waren niet op hun normale plek. In plaats daarvan waren ze onder me. Het regende, vanaf de grond. Nog een teken van klimaatverandering en stedelijke vervuiling?

Ik zweefde buiten mezelf, terwijl mijn voeten stevig in mijn Tender Tootsies geplant bleven. Mijn benen waren verborgen onder een gebloemde, veelkleurige rok, jaren zestig stijl. Het waaide in de wind, waardoor ze bloot kwamen te liggen, terwijl de rok uitklapte en dan weer inklapte. Om mijn middel zat een riem van heel dik, bruin leer. Het zat te strak, het vernauwde me.

Was ik dood?

Ik kneep in mezelf. Dus niet dood.

Ik droeg een witte blouse met een hoge kraag en een ketting, kralen, zwart, een rozenkrans. Ik haalde de koele kralen door mijn vingers en probeerde alles te brailleren, maar ik wist niet meer wat ik ermee aan moest.

De wind pakte me op, droeg me. Blies me naar voren en naar achteren.

Mijn lange haren slingerden langs mijn rug in één strakke vlecht.

Ik stond toen op een stuk land, boven de wolken. Er was niet veel ruimte om te bewegen zonder bang te zijn om te vallen.

"Mam! Mam! Word wakker! Word alsjeblieft wakker."

Het was Jasper. Ik was terug.

Ik gilde toen een groene vuurbal mijn haar verschroeide en de rozenkrans smolt. Het druppelde langs mijn borst en door mijn vingers.

***

Ik ging rechtop zitten en keek naar mijn vingers, verwachtend groene klodders te zien, maar ze waren brandschoon. Het was slechts een nachtmerrie geweest.

Mijn zoon riep me nog steeds. Ik rende naar de woonkamer en opende en sloot mijn ogen een paar keer om mezelf ervan te verzekeren dat ik zag wat ik zag. Wat een puinhoop!

Een groen ding was door het dak van mijn huis gezakt. Op weg naar zijn laatste rustplaats (de kelder) had het alles op zijn pad vernield terwijl het een neongroene substantie rond mijn huis spoot als een hond die zijn territorium afbakent. De groene kleur was misschien leuk geweest, als er niet zoveel van was geweest en als het niet op een willekeurige manier was verspreid.

"Wat in hemelsnaam?"

"Heb je het niet gehoord?" vroeg Jasper. "Het leek wel een sonische knal."

Ik liep dichter naar het gat. Ik had niets gehoord. Ik had geslapen, gedroomd. Nu was ik klaarwakker en sprakeloos. Ik sloeg mijn armen over elkaar en keek naar beneden. Er kwam stoom uit omhoog. Ik strekte de palm van mijn hand uit en hoewel het een verdieping lager was, kon ik de hitte voelen opstijgen. Ik probeerde te spreken, maar er waren geen woorden.

Jasper keek toe, wachtte tot ik iets zou zeggen.

Het leek op niets, ingebed in mijn keldervloer. Het was niet rond, vierkant of eivormig. Het had veel gezichten, was driedimensionaal, bolvormig, bijna Euclidisch, een solide dodecaëder.

"Moeten we niet iemand bellen?" vroeg Jasper terwijl hij over de rand naast me leunde.

"Ik weet niet zeker wie we moeten bellen. We zijn niet gewond, het is het huis. Het is geen geest, dus het Ghost Busting team zou niet helpen. Ik weet niet zeker of Neil deGrasse Tyson of een van de wetenschappelijke tijdschriften huisbezoeken afleggen."

Jasper lachte. "Ik wou dat Stephen Hawking er nog was."

"Ik denk dat dit meer iets is voor Stephen King," zei ik.

We waren in een shocktoestand, maar we hielden het bij elkaar met humor.

"We moeten naar beneden gaan en het beter bekijken."

"Ik weet het niet, mam, het ding straalt hitte uit. Ik heb het gevoel dat ik verbrand als ik hier sta."

Hij had gelijk, maar het was me niet opgevallen omdat opvliegers op mijn leeftijd de norm waren.

"Hoe zit het met de politie?" vroeg Jasper, terwijl hij zijn telefoon tevoorschijn haalde en een paar foto's maakte.

"Ik weet niet hoe ze kunnen helpen, maar ze zijn tenminste op rijafstand." Ik was bang voor het idee om met agenten Ramsey en Marshall te moeten praten.

"Ik heb deze genomen," liet Jasper me zien, "toen het door het dak kwam."

De foto van het ding in neerwaartse beweging toonde het vouwen en ontvouwen vlak voordat het insloeg.

"Het is vervormd," zei Jasper. "Het bewoog heel snel."

Ik belde het politiebureau en agent Ramsey had die dag vrij, dus vroeg ik naar agent Marshall. Nadat ik het had uitgelegd vroeg hij: "Is dit een grap?"

Omdat ik al eerder een foto had gestuurd, stuurde ik er nu een naar hem. Bewijs. Ik wachtte.

Agent Marshall vroeg of er iemand gewond was en ik bevestigde dat het alleen het huis was. Ik legde uit dat we naar beneden wilden gaan om het beter te bekijken. Hij stelde voor dat we op hem zouden wachten en het samen zouden bekijken.

Nadat we hadden opgehangen, gingen Jasper en ik naar de keuken en zette ik de waterkoker op.

"Van alle huizen in de wereld, waarom het onze?" vroeg hij.

"Ik dacht net hetzelfde, zoon." Ik dacht ook aan de verzekeringsmaatschappij en wat ze zouden gaan zeggen. Eerst de kapotte voorruit en nu een gesloopt huis. Ik schonk water in de oploskoffie en we gingen zitten.

"Als het van jade was gemaakt, zouden we stinkend rijk zijn," zei Jasper.

"Ja, de Chinezen noemen Jade de Edelsteen van de Hemel."

We nipten en liepen rond terwijl we naar beneden keken, de hitte die ervan afstroomde. Stijgend. Ik vroeg me af of het misschien heet genoeg was om de rest van het huis in brand te steken. Ik besloot de brandweer te bellen.

***

Kort daarna begon onze deurbel te rinkelen met onverwachte gasten. Het waren niet de agenten of de brandweer. Het waren onze buren. Ze hoorden de klap, verzamelden zich en kwamen op onderzoek uit (en om te zien of we in orde waren).

Ze drongen binnen en zagen dat Jasper en ik in orde waren.

"Het is zeker warm hier," zei Artois van de overkant. Hij stond erom bekend dat hij het overduidelijke zei.

"Wat is er?" vroeg zijn vrouw, terwijl ze in het gat gluurde.

"Jouw gok is net zo goed als de mijne," zei ik.

"De politie is er," zei Jasper en hij liet ze binnen.

"Ga terug naar jullie huizen," eiste agent Marshall, maar niemand bewoog.

De brandweerlieden arriveerden met slangen in de aanslag. Ze volgden de hitte en besproeiden het object van bovenaf. In plaats van koeler te worden, siste en spuwde het. Er kwam meer stoom uit. Het werd heter, tot het punt dat onze kleren ervan zouden smelten.

"Terugtrekken! Terugtrekken!" Eiste agent Marshall. De jongens met de beschermende kleding voelden de hitte niet zoals wij. Binnen een paar seconden stopten ze met de wateraanval.

Net op dat moment kwam de vertegenwoordiger van de verzekeringsmaatschappij aan, "Whoa!" zei hij.

Dat was het laatste wat ik hoorde.

***

Ik kwam bij in bed met de dekens opgetrokken tot aan mijn nek, zeker dat ik net een nachtmerrie had gehad over een groen ding dat door het plafond naar beneden viel. Ik ging op onderzoek uit.

In de woonkamer zag ik een gigantisch schepapparaat dat in het gat werd neergelaten met de bedoeling de groene krater uit mijn huis te tillen. Het klonk als een goed plan.

De mond van het ding ging open, groot, groter, toen zo groot als maar kon. Het ging onder het ding door met zijn kaken in de aanslag en klemde zich vast.

"Alle systemen gereed!" riep iemand.

Het apparaat draaide en kraakte. Het zong het uit en gaf zich toen gewonnen met een zucht en een gebroken kaak. Metalen tanden werden verbogen en verdraaid toen wat nog aan het hefapparaat vastzat weer omhoog werd getrokken.

"Wat nu?" vroeg ik.

"Mevrouw," zei agent Marshall, "waarom boeken u en uw zoon geen hotel voor een paar dagen? Misschien bent u wel verzekerd."

"Daad van God," zei ik.

"Mijn zwager is verzekeringsagent en ik vroeg hem ernaar. Hij zei dat de meeste polissen meteoren dekken, dus als we kunnen bepalen of dit ding een meteoor is, dan is alles gedekt."

"En wie beslist wat het wel of niet is?"

"We hebben contact opgenomen met iemand die ons misschien kan adviseren of in de juiste richting kan wijzen."

Ik ging zitten in mijn favoriete stoel — zonder uitzondering mijn kleine stukje rust in de chaos.

***

Toen niemand keek, ging ik naar beneden om het ding beter te bekijken. Toen ik dichterbij kwam leek er een geluid te zijn, zoemen, of zoemen dat sterker werd naarmate ik dichterbij kwam, naast de toename van warmte. Er hing ook een geur waardoor ik mijn hand voor mijn neus moest houden.

Toen ik ernaast stond, bekroop me een gevoel alsof alles ondersteboven was gekeerd. In feite, toen ik omhoog keek, werden de gasten die in de woonkamer stonden beneden gespiegeld alsof hun lichaam zich op de bovenste verdieping bevond en hun schaduw beneden met mij door de vloer zweefde. Het was een vreemd gevoel, alsof ik daar beneden was maar niet alleen.

De schaduwachtige dingen waren gespiegelde beelden met groene lichten, energie die naar het object leidde. Ik bestudeerde de gasten boven en hun tegenhanger beneden; als zij bewogen bewoog hun schaduwachtige energie ook.

Ik liep om een van de stralen heen en dichterbij de gevallen massa en de hitte verminderde. Als ik het patroon volgde met de schaduw energieën, kon ik dichter bij het gevallen object komen.

Toen ik het nader onderzocht, werd ik aangetrokken tot spleten op het oppervlak van het ding. Ze hadden de vorm van ogen, maar er was geen pupil, ooglid of wimpers. Na een rondje voelde ik me duizelig.

Om mezelf in evenwicht te houden, leunde ik met mijn arm op de muur. Voor ik het wist was de muur verschoven en bevond ik me buiten mijn huis. De muur van mijn kelder was een tourniquet geworden.

Behalve het gras zag niets er meer uit zoals het hoorde. Het schuurtje was weg en het fietsenrek en de fiets van mijn zoon ook. En nog iets, de huizen van de buren waren allemaal weg.

Ik begon te lopen en wenste dat ik een touw aan het huis had om me aan vast te houden voor het geval ik verdwaalde,

Ik keek omhoog en er was geen zon en geen lucht. Wat er voor in de plaats was gekomen, was groen boven en rondom, behalve de bomen. De bomen hadden geen takken, alleen boomstammen die naar de hemel reikten.

Ik kneep in mezelf om er zeker van te zijn dat ik wakker was. Dat was ik.

Ik draaide me om en keek naar mijn huis. Het oprukkende object was zichtbaar, half in en half uit.

Even wilde ik me omdraaien, totdat een gevoel me overviel. Ik had zin om te zingen en dat deed ik. Tom Jones' *The Green, Green Grass of Home.*

Deinend en dansend met mezelf was het alsof ik in een wolk zweefde. Toen was er een hand in mijn gedachten, de hand van mijn man Luther.

Ik sloeg mijn armen om zijn nek en hij deed hetzelfde om de mijne.

We kusten en dansten.

Toen het lied was afgelopen, boog hij, blies me een kus en verdween.

Ik veegde een traan weg.

***

Ik voelde me nu eenzamer dan op de dag dat hij stierf, ik sloeg mijn armen om me heen en liep naar het huis.

Weer binnen werd ik naar het object getrokken dat leek te verschuiven en te zoemen. Iets anders, het draaide tegen de klok in.

Boven hoorde ik een schreeuw gevolgd door een klap. Een lichaam viel door het gat, verenigde zich met zijn schaduw energie en kwam toen tot rust op het oppervlak van het object. Het vlees van de man siste en spuugde, tot er alleen nog een X-vorm overbleef waar de armen en benen van de man zich hadden uitgestrekt.

Mijn maag draaide zich om toen ik naar boven liep.

***

De lege gezichten zeiden alles.

Ik ging naar Jasper en vroeg wie de man was. Hij legde uit dat het een cameraman van de plaatselijke krant was. Hij probeerde het beste beeld te krijgen, maar leunde te ver naar voren.

"Iedereen naar buiten!" eiste Marshall. Deze keer accepteerde hij geen nee als antwoord.

Jasper en ik hadden ons huis weer voor onszelf, wat er nog van over was.

***

Agent Marshall en nog twee agenten stonden aan de voorkant van mijn huis.

Er kwamen nog twee agenten aan die aan de achterkant stonden.

Ze zetten het gebied af met tape. Ze lieten nieuwsgierige buren de straat oversteken.

Jasper en ik trokken de gordijnen open en gluurden naar buiten, net toen een stoet zwarte voertuigen gierend tot stilstand kwam. Deuren gingen tegelijkertijd open als in een scène uit *Men in Black*. Zwarte pakken. Zonnebrillen.

"Oh jee," zei agent Marshall. "Ik denk dat de expert met wie we contact hadden de autoriteiten erbij heeft gehaald."

"O jee, heeft hij dat ooit gedaan," zei ik.

"Whoa," riep Jasper uit toen hij de enige vrouw in de entourage zag.

Ze was gekleed in een rood tweedelig pak met een getailleerd jasje en een rok tot boven de knie. Onder het jasje droeg ze een witte blouse met open kraag en een ketting met een diamanten hart. De look werd afgemaakt met een paar rode hakken van zeven inch en een bijpassende handtas.

De mannen hielden zich in toen de vrouw de trap opliep.

Ze was duidelijk de leider van de groep.

Jasper en ik gingen naar de ingang, samen met Marshall en de twee andere agenten. We vormden een halve hoefijzer.

De vrouw liet haar identificatie zien. Ze was van Homeland Security en ze had nog een agent bij zich. Er waren er twee van de F.B.I. Twee van de C.I.A. Twee van de Dienst Bescherming Vreemdelingen. Twee van de Geheime Dienst.

"Waar is het?" vroeg de vrouw. Haar naam was Charlotte Cassidy. Ze deed haar donkere zonnebril af en haar ravenhaar stak meteen af tegen haar blauwe ogen. In haar hand droeg ze een voorwerp dat tikte. "Het is niet zo groot als ik me had voorgesteld." Ze naderde het gat met het apparaat uitgestrekt en het viel stil.

"Stralingsdetector?" fluisterde Jasper.

Ik haalde mijn schouders op.

De C.I.A.-man, Frank Dune, bleef zijn zonnebril opzetten en weer afzetten, ook al was hij binnen. Het was heel vervelend. Zijn partner, Jake Flatts, gaf hem een elleboogje en zei dat hij op moest houden. "Mevrouw, wat weet u over dit object?"

"Het viel door mijn dak. Het is belachelijk heet. Het zoemt, soms zoemt het. Ze probeerden een vorkheftruck te gebruiken om het hier weg te krijgen, maar die ging kapot." Ik kwam dichterbij en gebaarde dat ik uitleg moest geven over de X-vormige vorm die de dode had achtergelaten.

"Het is weg," zei Jasper.

"Wat is weg?" vroeg Charlotte.

Agent Marshall viel in. "Een fotograaf viel erin en smolt erop. Er was een afdruk van zijn lichaam, in de vorm van een X, maar die is niet meer zichtbaar."

"Misschien was het er nooit?" zei ze.

"Het was er absoluut," zei ik, "We hebben genoeg getuigen."

"Jezus!" zei een van de jongens van de Dienst Bescherming Vreemdelingen (T.D.F.T.P.O.A.). Zijn naam was Alex Greene en hij stond te popelen om te gaan kijken.

Charlotte nam het voortouw en stelde voor om de groep op te splitsen. Ze wees aan wie boven moest blijven en wie met haar mee naar beneden moest gaan. Ik hoorde bij die laatste groep.

Alex Greene en zijn partner Jessie Filtch waren duidelijk geïrriteerd dat ze werden buitengesloten, maar Charlotte vond het het beste dat zij en haar team eerst bij het gevaar kwamen voordat ze de anderen loslieten.

***

Toen ik de onderste trap bereikte en langzaam liep zodat ik onderweg kon nadenken — soms heeft oud zijn zo zijn voordelen — vroeg ik me af of ik hen moest vertellen over de dans met mijn man. Ik realiseerde me dat ik dat moest doen, ook al ging het hen eigenlijk niets aan.

Ik merkte meteen een verandering op in het object. In twee van de oogvormige gleuven zaten twee echte ogen. De kleur was echter niet menselijk, want er zaten groene vlekjes in de achtergrond en op de plaats van de pupil zat iets vuurroods. Ik hapte naar adem en liep verder.

Eenmaal bijgekomen verwachtte ik dat de gasten verbaasd of op zijn minst geïnteresseerd zouden zijn in de schaduwen die van de mensen boven kwamen. Vreemd genoeg leken ze niets in de gaten te hebben.

Charlotte was druk in de weer met haar niet meer tikkende tikker. Ze kwam dichter naar me toe. "Waar maak je je precies zorgen over? Het lijkt me volkomen ongevaarlijk."

Ik werd gered van iets te zeggen waar ik spijt van zou krijgen door P. G. Willow ('Penguin' afgekort) — de vertegenwoordiger van de Nationale Veiligheid. "Heb een beetje gevoeligheid, wil je? Het huis van deze vrouw is binnengevallen en aan stukken geslagen." Hij pauzeerde, "Heb je eraan gedacht dat het zou kunnen uitkomen?"

"Het heeft niet eens de vorm van een ei," zei Charlotte na een spottende opmerking.

"Een ei zoals wij dat kennen," antwoordde Penguin.

Charlotte rolde met haar ogen.

"Waar ik me zorgen over maak," zei ik terwijl ik probeerde niet al te boos te klinken, "is niet zozeer dit ding, maar jullie allemaal die door mijn huis stampen. Waarom zijn jullie hier eigenlijk? Waarom zijn de jongens van het Departement voor de Bescherming van Vreemdelingen hier niet in plaats van de F.B.I., C.I.A. en Homeland Security?"

"Het is erg warm," bood Charlottes baliemedewerker van Binnenlandse Veiligheid aan. Hij heette Brad Hitt en hij was net zo goed in voor de hand liggende dingen zeggen als mijn buurman.

Ik liep rond en probeerde de aandacht te vestigen op de schaduwen. Ik liep erin en eruit. Maar niets.

Was ik de enige die ze kon zien?

"Wat zijn die gaten in het oppervlak?" vroeg Hitt.

Ik ging erheen en vroeg hem welke. Ik vroeg me af wat hij wel en niet kon zien. Hij zei dat het honderden of duizenden leeg uitziende gleufachtige dingen waren. Toen stak hij zijn hand uit en zou het ding hebben aangeraakt als ik hem niet op tijd had tegengehouden.

"Probeer je zelfmoord te plegen?"

Charlotte zei: "Ik denk dat we genoeg gezien hebben. Het ding moet afgekoeld worden. Bel de brandweer. Als ze het afgekoeld hebben, kunnen we het hier wegrollen. Makkelijk."

Ik vertelde haar wat er gebeurde toen de brandweer dat probeerde.

Charlotte sprak rechtstreeks in haar telefoon: "Het object in kwestie warmt op als er water op wordt gegoten. Ik herhaal, het warmt op in plaats van af te koelen als er koud water op wordt gegoten." Ze stak de kamer over. We volgden allemaal.

"Wacht even," zei Hitt. We wachtten allemaal. "Laat maar," zei hij.

Charlotte en haar gevolg vertrokken nadat ze ons specifieke instructies hadden gegeven:

#1. Niemand mag het huis binnen.

#2. Niets posten op sociale media of ergens anders zonder haar toestemming.

Toen waren ze weg, op twee na.

***

Overgebleven waren Alex Greene en zijn partner Jessie Filtch. De twee jongens van de Dienst Bescherming Vreemdelingen.

"Mam, kan ik je even spreken?"

We verontschuldigden ons en gingen naar mijn kantoor.

"Mam, ik vind die twee idioten."

"Jasper, wat een opmerking."

"Ik denk dat we iemand moeten bellen, een expert. Zoals Sam en Dean in Supernatural. Zij weten wel wat we moeten doen."

Ik schudde mijn hoofd. "Uh Jasper, dat zijn fictieve personages."

"Ik weet het mam, maar er moeten zulke jongens in het echte leven zijn."

"Waarom zoek je niet op internet en kijk je wat je kunt vinden?"

Ik liet Jasper achter in mijn kantoor en ging op zoek naar Alex en Jessie. Ze droegen rare beschermende kleding, waaronder uniformen en maskers en met de wapens die ze droegen, leken ze wel de Ghostbusters.

Ik dacht dat ik voorop zou lopen, maar in plaats daarvan volgde ik de jongens. Ze sjouwden met zoveel extra spullen, buizen en gadgets. Een van de jongens tikte.

De jongens werkten goed samen, met een vreemde osmose. De een wist wat de ander dacht voordat hij communiceerde. Ze naderden het object en met beschermende handschoenen aan legden ze hun handen erop. Hun pakken deden het werk — in het begin. Ze wisselden blikken uit en gaven elkaar een duim omhoog.

Ik ging wat dichterbij staan en bespeurde een vreemde geur. Er brandde iets. Eerst lichtte Jessie's handschoen op en daarna die van Alex. Ze renden naar de gootsteen en scheurden hun uit elkaar gevallen handschoenen met hun andere hand. Hun handen waren verbrand, maar het was niet zo erg als het had kunnen zijn.

"Whoa!" zei Jessie nadat hij zijn masker had afgetrokken. "Die klootzak is heter dan de hel."

Deze uitbarsting van waarheid maakte me aan het lachen toen Alex zijn masker afdeed. "Is het je opgevallen?

De twee mannen keken naar elkaar en toen naar mij. Ik wist niet zeker waar ze het over hadden, dus ik zweeg.

"Ja, zei Jessie. "De ogen."

Ik was verbaasd dat ze die konden zien en zei dat ook.

"Wacht even," zei Alex. "Vertel je ons nu dat je ze kunt zien zonder ooguitrusting?"

Ik knikte.

"Wat kun je nog meer zien?" vroeg Jessie.

Ik aarzelde en zei dat ik zo terug zou zijn. Ze deden hun kappen weer op en ik ging naar boven om de schaduw energie te demonstreren. Ik wachtte, verwachtte iets van hen te horen, zoals een gil van verrukking, maar hoorde niets."

"Oh, je bent terug," zeiden ze.

"Iets gemerkt?"

"Mag ik jullie badkamer gebruiken?" zei Alex en hij ging naar boven.

Jessie zette zijn kap op en toen Alex terugkwam wisselden ze blikken uit.

"Dus jullie kunnen de schaduwen zien?"

"We hebben onze handen erdoorheen gestoken," gaf Jessie toe. "En we hebben het ook kunnen lezen."

Ik kwam dichterbij. "Hou me niet langer in spanning."

"Het is een geïoniseerde luchtgloed, Rydberg atomen, vandaar de groene tint," zei Alex. "Het is moeilijk uit te leggen omdat het meestal alleen voorkomt in de ruimte of op plaatsen zoals het noorderlicht. Het is extreem zeldzaam, ik bedoel het is ongehoord in iemands kelder."

Mijn mond viel open. Ik deed hem dicht.

"Op basis van aluminium," legde Jessie uit. "Niet giftig of gevaarlijk. We denken dat het object hier per ongeluk is, van heel ver weg. Gezien de omvang en vorm, om nog maar te zwijgen van het gewicht, zal het niet eenvoudig zijn om het terug te sturen. Sterker nog, we hebben er waarschijnlijk de technologie niet voor."

"Ik heb een borrel nodig," zei ik.

Terwijl ik naar boven liep vroeg Jessie: "Hoe zit het met de muur?"

"Ervan uitgaande dat ze die kan zien," zei Alex.

Ik deed alsof ik ze niet gehoord had en ging verder. Toen gooide ik een slok whisky achterover.

"Mam?"

"Ik ben in de keuken, schat."

"Ik heb twee jongens gevonden, net als Sam en Dean. Ze rijden nu hierheen, ongeveer drie kwartier verderop, met behulp van hun GPS. Ik hoop dat je het niet erg vindt, maar ik heb ze een rekening aangeboden. Tot honderd dollar om hun onkosten te dekken."

Ik glimlachte. "Dat is prima."

"Ze hebben een website en veel getuigenissen en ervaring in het bovennatuurlijke, het occulte en het buitenaardse."

"Goed bezig Jasper. Laat me weten wanneer ze arriveren. Ondertussen hou ik de twee gasten beneden bezig."

"Gaat het, mam? Je ziet er een beetje moe uit?"

"Ik ben moe, maar tegelijkertijd opgewonden.

"Ik ook!"

***

Ik ging terug naar de kelder, waar ik bevestigde dat ik het kon zien.

"Ben je er al doorheen gegaan? Naar de andere kant?" vroeg Jessie.

"Ik ging erheen en leunde zo op de muur." Ik demonstreerde het en ging er weer dwars doorheen. De jongens waren al aangekleed en volgden.

"Hoe is de lucht?" Vroeg Jessie.

"Het is fris en mooi."

Ze verwijderden hun maskers.

"Wanneer merkte je de leegte voor het eerst op?" vroeg Alex.

"Niet echt, ik leunde er gewoon per ongeluk tegenaan."

"Het ziet er heel vreemd uit met al die groene lucht," zei Alex. Hij raakte het gras aan en zei dat het kunstmatig aanvoelde.

Ze liepen in de tegenovergestelde richting van waar ik eerder heen was gegaan. Ik volgde ze op de voet. We liepen een hele tijd en luisterden aandachtig naar de stilte. "Waarom noemden jullie het de leegte?"

"Hij maakte maar een grapje," zei Jessie. "De leegte noemen ze zoiets in de gamewereld of virtual reality. We weten nog niet zeker wat dit is, maar we hebben het gevoel dat deze wereld de wereld is waar jullie object vandaan komt."

"In feite," voegde Alex eraan toe. "Dat ding zou hier gecamoufleerd zijn, als een kameleon."

Ik hoorde een luid gefluit. Interessant om op te merken dat ik op deze andere plek geluiden uit mijn huis kon horen. Alex en Jessie reageerden niet op het geluid toen ik terugliep naar de ingang en recht naar binnen liep. De jongens zaten me op de hielen, maar ze kwamen er niet doorheen. Ik stak mijn hand in de leegte (bij gebrek aan een beter woord) en trok hem weer terug. Het was gevuld met een geleiachtige groene substantie. Ik ging er weer in met beide handen, wanhopig reikend naar Jessie en Alex. Ik schreeuwde hun namen door de muur en probeerde mezelf er weer doorheen te duwen, maar zonder geluk.

Jasper fluisterde luid.

"Breng ze naar beneden Jasper, ik denk dat we hun hulp nodig hebben — NU."

***

Onze Sam en Dean waren twee jonge jongens, nauwelijks ouder dan Jasper. Ze waren volgeladen met apparatuur toen ze de trap afliepen. De langste van de twee had blond haar en heette Bert (kort voor Albert) en de tweede jongen, die een legerkapsel had, heette Leo (kort voor Galileo).

Nadat we een paar beleefdheden hadden uitgewisseld, legde ik uit over de vermiste agenten en de leegte.

Leo sprak in een microfoon die hij op zijn telefoon had. Hij beschreef het object, inclusief grootte en afmetingen. Hij vroeg me uit te leggen hoe de leegte werkte.

Bert liep naar het groene object om het beter te bekijken. Hij stak zijn hand uit en raakte het voorwerp aan voordat ik hem kon tegenhouden. "Het is helemaal cool," zei hij. "Ik bedoel de temperatuur. Gezien Jasper's beschrijving ervan eerder, zou ik zeggen dat er iets kortgesloten is."

Ik raakte het zelf aan; het voelde uitzonderlijk glad en koel. Ik zocht naar het paar ogen, zonder geluk. Ik vroeg me af wat de schaduwen waren en vroeg Jasper de trap op te lopen, zodat ik kon kijken. Niets. Bert en Leo keken me aandachtig aan.

"Ik denk dat degene die dit ding bezit er een trekstraal op heeft zitten."

"We moeten zeggen, er zat een trekstraal op," zei Bert. "Want hij lijkt defect."

"Mag ik nu naar beneden komen?" vroeg Jasper.

Ik verontschuldigde me dat ik hem vergeten was.

"De jongens aan de andere kant, hoe heten ze?" Vroeg Leo.

We riepen naar ze. Niets.

"Dus, het trekstraal ding," zei ik, "het is gestopt met werken, dus hoe repareren we het? En als we het repareren, kunnen ze het dan weer terughalen?"

"Als we de leegte kunnen openen en het object erdoor kunnen duwen," zei Leo.

"En de jongens terughalen," voegde Jasper eraan toe.

Ik zou nog steeds een enorm gat in mijn dak hebben, maar dan kon ik het tenminste laten repareren.

Samen stonden we met z'n vieren aan één kant van het object. "Ik tel tot drie," zei Bert, en we duwden het met alles wat we hadden.

"Het was een slim idee," zei Bert toen we het geen jota konden verschuiven. Hij aarzelde even en vroeg toen: "Voelde je enig gevaar toen je aan de andere kant was?"

Ik dacht na. Ik had het niet en zei het. "Eén ding," gaf ik toe. "Jasper, dit zal als een schok voor je komen. Ik had gehoopt het je onder vier ogen te kunnen vertellen."

Ik legde uit over het dansen met mijn man. Bezorgd vroeg ik Jasper wat hij ervan vond. Hij zei dat hij wilde dat hij erbij was geweest.

"Heeft hij naar me gevraagd?"

Ik wou dat hij dat had gedaan, maar dat had hij niet gedaan. Het ging allemaal zo snel.

"Even voor de duidelijkheid," onderbrak Alex. "Het was je man niet. Het was een manifestatie van je man. Bovennatuurlijke wezens kunnen gedachten lezen, sommige kunnen geesten oproepen en zelfs de levenden namaken."

"Maar hij voelde echt, hij rook zelfs echt."

"Dat is precies wat ze willen dat je denkt," zei Leo.

Buiten hoorde ik autobanden tot stilstand komen.

"Ze zijn terug," zei ik terwijl we naar de voordeur liepen.

"Verdomme," zeiden Leo en Bert. "We hebben het recht om hier te zijn. We gaan nergens heen."

Ik opende de deur.

We stonden stevig op onze plaats met een sterk gevoel van doelgerichtheid en vastberadenheid dat we niet verplaatst zouden worden.

***

Deze keer was Charlotte niet de leider. In plaats daarvan was het de president.

Hij was groter dan alle anderen, gekleed in een dikke overjas die werd geaccentueerd met een paar leren handschoenen. Zijn lijfwachten stonden dicht bij hem, spraken in microfoons en waren zichtbaar opgewonden.

"Meneer de president," zei ik met een buiging. Hij stak zijn ongehandschoende hand uit. Ik stelde hem voor aan Jasper, daarna aan Bert en Leo. "Welkom in mijn huis, meneer de president."

Hij boog zijn hoofd, kwam binnen en vroeg: "Waar zijn ze doorheen gegaan?"

Hoe wist hij dat? Hadden ze mijn huis afgeluisterd? Ik was geïrriteerd en zei het.

Charlotte kwam naar voren met haar telefoon uitgetrokken en drukte op play. Op haar telefoon stond een bericht van Jessie en Alex.

"Allemachtig!" riep Bert uit.

"Waarom hebben we daar niet aan gedacht?" vroeg Leo.

"Dat zou je nu toch niet doen?" zei Charlotte met een onbetamelijke arrogantie waarvan de opgetrokken wenkbrauwen van de president aangaven dat hij er niet blij mee was.

"Volg mij," zei ik en leidde hen naar de kelder.

"Wacht even," zei de president. "Hoe komt het dat dit ding geen warmte meer afgeeft?" Hij wendde zich tot Charlotte. "Ik dacht dat je zei dat het gloeiend heet was."

Charlotte besefte dat de president gelijk had en vroeg om een update.

"Het lijkt te zijn gebeurd toen de jongens de leegte in gingen," bood ik aan.

"Bel ze nog een keer," beval de president, Charlotte probeerde het, maar ze namen niet op.

Bert zei tegen de president: "We overwogen net de mogelijkheid om het ding hier weg te rollen nu het koel is. Als we de leegte kunnen openen en de jongens erin en eruit kunnen krijgen, kan dat beschouwd worden als een uitwisseling van goede wil."

"Aan wie?" vroeg de president.

"Aan degene die het hierheen heeft gestuurd," zei Leo.

"Vertel me alsjeblieft meer," zei de president en al snel stonden Charlotte en haar gevolg ook te luisteren.

"We denken," zei Leo, "dat degene van wie dit ding is er een trekstraal op heeft gehad. We denken dat de trekstraal defect is geraakt, maar hoe dan ook, we moeten die twee jongens eruit halen voordat hij weer aangaat."

De president schudde Leo en Bert de hand. Hij wendde zich tot Charlotte. "Neem deze twee aan."

De jongens voelden zich gevleid maar sloegen zijn aanbod af en vertelden over hun ervaringen met het bovennatuurlijke, het occulte en het buitenaardse. Ze vertelden de president over hun meer dan vijf miljoen hits op YouTube en miljoenen volgers op sociale media.

"Nou, dat is heel indrukwekkend," zei de president. Zijn hand gleed in zijn zak, hij haalde er twee visitekaartjes uit en gaf ze aan de jongens. Zij gaven hem op hun beurt hun visitekaartjes.

"Laten we nu ter zake komen," zei de president. "Hoe krijgen we onze jongens terug en pronto."

Ik leunde tegen de muur, zoals ik eerder had gedaan en hoopte erdoor te komen, maar deze keer lukte het niet.

***

We slaagden erin om het groene object een klein beetje te verplaatsen, zodat het in positie was als de leegte zich zou openen.

"We kunnen nu alleen nog maar wachten," zei de president. Toen riep hij Charlotte bij zich, bedankte ons omdat we uitstekende burgers waren en maakte toen een motie om te vertrekken.

"Mag ik om een gunst vragen?" zei Bert.

"Natuurlijk," zei de voorzitter.

"Mogen we een selfie nemen voor onze website?"

De voorzitter zei: "Geen probleem" en ze deden er verschillende.

We gingen naar boven en wachtten op een teken. Een teken.

***

De dag ging over in de nacht.

Buiten floot en ratelde de wind over de dakpannen alsof hij een race tegen zichzelf hield. Ik sloot mijn ogen, rilde, keek en keek omhoog door de spleet in het plafond en zag een lichtstraal in de sterrenhemel.

Ik hijgde en al snel stond iedereen bij me en keek omhoog.

"Whoa!" riep Leo uit. "Ik denk dat het de trekstraal is."

"Over beam me up Scotty gesproken!" zei Bert.

De trekstraal kwam naar beneden, slingerde zich door het gat naar de kelder waar hij zich vasthaakte aan het groene object. De trekstraal was ook groen, maar hij glinsterde en schudde terwijl hij zich uitstrekte en het ding vastgreep.

Toen het eenmaal een stevige greep had, leek het te stoppen en vervolgens de motoren weer op te starten. Het geluid was oorverdovend en we bedekten allemaal onze oren toen het object eerst van de muur werd getild en daarna langzaam maar gestaag de lucht in vloog.

We konden onze ogen er niet vanaf houden. We hadden in gevaar kunnen zijn — toch konden we niet wegkijken. Het steeg hoger en hoger de nacht in. We gingen naar buiten om meer te zien van wat er aan de andere kant was, maar van alle kanten was er niets te zien behalve de straal van een groene lijn die het object wegdroeg.

Toen het eenmaal helemaal weg was, zo hoog dat het onzichtbaar was voor het blote oog, bleven we samen zwijgend staan totdat ik zei: "Oké, het object is weg, maar wat gaan we doen met Alex en Jessie? Ze zitten nog steeds gevangen in de leegte."

"Ik denk dat we een Plan B nodig hebben," zei Leo.

"Dat laten we aan jou over," zei Charlotte terwijl ze op de sneltoets van haar telefoon drukte en de president inlichtte en de zaak gesloten verklaarde. "Er zijn hier geen veiligheidsproblemen en geen buitenaardse wezens." Zij en haar gevolg pakten hun spullen en gingen op weg naar hun voertuigen.

"Wacht even!" riep ik. "Geef je dan helemaal niets om je mannen?"

"Bijkomende schade," zei Charlotte terwijl ze de deur van haar auto dichtsloeg. Ze reden weg.

"Ik denk dat het aan ons is," zei ik.

Bert en Leo keken elkaar aan.

Bert zei: "Het spijt me, maar we weten niet wat we moeten doen of hoe we ze terug kunnen krijgen. Wij gaan er ook vandoor, om wat te slapen. We bellen je morgenochtend als we iets bedenken."

Jasper en ik waren not amused. Nu het object weg was, ging iedereen weg. Ons in de steek latend.

Jasper ging naar zijn kamer en ik trok mijn pyjama aan, constant denkend aan de vermiste mannen. Ik probeerde mezelf af te leiden door een mysterieroman te lezen, maar het mysterie onder mijn eigen dak eiste mijn aandacht op. Na twee uur woelen en draaien stond ik op om een kopje thee te zetten.

Ik had mijn kamerjas aangetrokken als ik had geweten dat er bezoek zou komen.

***

Nippend aan de thee, me afvragend hoe ik het dilemma kon oplossen, staarde ik naar de sterren, terwijl er een traan over mijn wang druppelde. Twee mannen waren verdwaald ergens in de leegte, zonder familie, zonder vrienden, zonder land. Het waren dappere burgers geweest. Ze verdienden beter.

Ik pakte een chocoladekoekje en wilde net een hap nemen toen ik een glinsterende groene ster zag. Een groene ster? Ik wreef in mijn ogen, maar hij was er nog steeds, knipoogde naar me. Ik ging naar buiten om de nachtelijke hemel volledig te bekijken.

Het was geen ster.

Hij bewoog, viel snel in mijn richting, werd groter en groter.

"Oh nee!" riep ik tegen niemand. Toen riep ik Jasper, en hij kwam naar buiten rennen. Ik wees omhoog, terwijl ik een snelle beweging overwoog als we uit de weg moesten.

Toen het gat tussen hen en ons kleiner werd, konden we onze opwinding niet bedwingen en sprongen van vreugde toen het ding stopte en daar waren ze.

Twee zwarte paraplu's sprongen open, Alex en Jessie grepen er elk een vast en hun afdaling naar ons toe begon. In pakken van reflecterend materiaal vielen Alex en Jessie zachtjes naar ons toe.

Nadat ze soepel geland waren, grepen ze in hun pak en haalden er twee groene flessen uit. Nadat ze de bovenkant hadden opengeklapt, dronken ze de inhoud op. Ze klommen uit hun pakken en onthulden de kleren waarin ze waren vertrokken. Ze brachten de flessen weer naar binnen en bevestigden ze aan de paraplu's.

De trekstraal koppelde zich aan de paraplu's en de pakken. We zwaaiden toen de objecten de lucht in werden getrokken en keken toe tot we ze niet meer konden zien.

"Welkom terug!" riepen Jasper en ik uit.

"Ik zou een moord kunnen doen voor een kopje thee!" zei Alex.

"Ik heb liever een shot whisky," zei Jessie.

"Wie waren dat?" Vroeg ik. "Of moet ik zeggen WAT waren ze?"

"Alles op zijn tijd," zeiden onze twee teruggekeerde helden eenstemmig. "Maar eerst moeten we koekjes en drankjes hebben."

Ze pasten zich aan om terug te zijn, terwijl ik de borden klaarmaakte. We zaten samen aan de eettafel, nippend. Wachtend. Ze hadden niets te zeggen. Geen vragen voor ons, ook al was het enorme groene object niet langer in mijn huis.

Mijn geduld begon op te raken, dus vroeg ik hen om ons te vertellen wat er was gebeurd.

"Het was een korte vakantie," zei Alex.

"Ja, een betaalde vakantie," zei Jessie.

Ik stond op. "Wat bedoelen jullie? Waar waren jullie? Wie had je? Zat je gevangen? Hoe waren ze? Hoe heb je ze overtuigd om je terug te sturen?" Ik ging weer zitten.

Jasper ging verder: "En wat was dat groene ding? Waarom was het hier? Heeft iemand op zijn donder gekregen omdat hij het had laten vallen?"

De mannen keken elkaar aan met lege gezichten. Ze hadden geen idee waar we het over hadden. Over dom gesproken.

"Mam, ik denk dat de aliens hun gedachten hebben gewist."

"Mee eens. Over een schone lei gesproken."

We konden niets anders zeggen of doen dan gaan slapen. Jessie ging op de bank liggen, Alex op de La-Z-Boy stoel.

Alex sprong op. "Oh, voor ik het vergeet."

Jessie sprong ook op. "Ja, we hebben iets voor je."

Jasper en ik keken elkaar aan, het was alsof ze gepord of geschrokken waren.

Jessie haalde een groen glinsterend koffertje uit zijn zak. Het golfde toen ik het in mijn hand nam en voelde heel koel aan. Ik opende het en snakte naar adem. Binnenin zat de St. Christoffelmedaille van mijn man. Degene die ik hem op onze eerste huwelijksverjaardag had gegeven.

Alex gaf Jasper een soortgelijk voorwerp. Binnenin zat het horloge van zijn vader. Jasper deed het recht om zijn pols.

"Heeft hij iets over mij gezegd?"

Alex zei: "Hij ziet jullie allebei elke dag. Het is waar wat ze zeggen, degenen van wie we houden zijn nooit ver van ons vandaan."

Zowel Alex als Jessie sprongen deze keer eensgezind op. "We moeten gaan."

"Wat nu?" Vroeg ik. "Is alles goed met jullie?"

"Ja," zeiden ze samen. "We moeten iets afleveren bij de president. Nu."

Buiten stopte een auto en weg waren ze.

***

"We moeten het zelf bij hem afleveren," eisten Jessie en Alex.

Het was midden in de nacht, maar de president stemde toe om hen te ontvangen.

Toen ze The Oval Office binnenkwamen, zat de president in zijn zijden badjas.

"Wat hebben jullie voor me?" vroeg de president.

Samen presenteerden Jessie en Alex het voorwerp aan hem. Het was een uitzonderlijk grote groene knoop. Daarop stonden de volgende woorden: "DUW ME. DOE HET GEWOON."

"Wat gaat er gebeuren?" vroeg de president.

"Dat weten we niet."

"Ik moet het iemand vragen, een van mijn adviseurs. Ik kan niet zomaar..."

"Maar je bent de president," zei Jessie.

"Ja, u kunt toch alles doen?"

De president legde de groene knop op zijn bureau naast de rode knop. Samen zagen ze er nogal kerstig uit.

Jessie en Alex zeiden: "Naar buiten. Naar buiten. Naar buiten."

"Oké jongens, oké," zei de president. "Laten we gaan."

Eenmaal buiten kon de president niet wachten om erop te drukken en dat deed hij dan ook.

De lucht veranderde van blauw in groen toen een trekstraal het land van kust tot kust bestreek en elke AR-15 tevoorschijn haalde.

EPILOOG

Ver, ver weg, op de planeet met de groene lucht en de groene aarde maar waar de bomen niet meer dan boomstammen waren, hergebruikten de aliens de aardse materialen die ze hadden verzameld.

De AR-15's werden omgevormd tot takken.

De flessen werden aan de takken gehangen en floten in de wind.

De paraplu's boden bescherming tegen regen en zon.

Wanneer de aliens meer AR-15's nodig hadden, lichtten ze de knop op en de presidenten drukten er altijd op.

DARRYL EN MIJ

*O*p dezelfde dag dat ik ontdekte dat ik zwanger was, stierf mijn man.

Ik ben in een oorlogsgebied. Ik ben niet alleen. Mijn baby is bij me, in me.

Ik sla mijn armen over mijn baby, bescherm het kind terwijl ik over straat loop terwijl om ons heen bommen ontploffen. Ik probeer een schuilplaats voor ons te vinden, maar de bommen komen steeds dichterbij.

Ik ben verdwaald, maar niet bang. Mijn kind schopt tegen mijn hand om me gerust te stellen. We krijgen een band terwijl de rest van de wereld uit elkaar spat.

Ik stop en bekijk mezelf in een spiegel in het midden van de straat. Ik draag een felrode jurk met bijpassende rode schoenen en zwarte kousen. Ik pluiz mijn haar, reik in mijn handtas voor wat lippy. Ik maak een kusafdruk op het glas, gooi mijn hoofd achterover en neem een selfie. Die post ik op Instagram. Of probeer het. Ik weet niet zeker of ik genoeg streepjes heb.

Ik hoor een sirene gillen. Hij komt mijn richting uit. Hij gaat richting de spiegel. Ik reik uit om hem te pakken, maar een hand grijpt de mijne. Ik gil. De sirene schreeuwt.

"Ga naar binnen. Ben je gek geworden? Stap in!" zegt de ambulancechauffeur in een taal die ik niet ken of versta. Gelukkig is er ondertiteling.

Ik aarzel voordat ik instap. Ik moet Darryl vinden. Darryl is hier ergens en onze baby heeft zijn of haar vader nodig. Darryl zoekt mij en wij zoeken hem. Ons kind is de magneet. De radar. De GPS.

Ik gooi mijn hoofd achterover en roep zijn naam luid en duidelijk, "Darryl!" Ik luister en roep opnieuw. Ik roep zijn naam en luister. De ambulancechauffeur zegt dat ik gek ben en gooit zijn auto in zijn achteruit.

De ambulance raakt de spiegel en er ontploft een bom. Overal vliegen scherven.

Er is ontzettend veel bloed op stukken glas.

Ik word wakker en schreeuw.

***

Ik had dezelfde droom elke nacht nadat Darryl stierf. Ik bleef herbeleven hoe het was gebeurd, ook al was ik er niet bij. Het was een routineoperatie als onderdeel van de vredesmacht van de Verenigde Naties.

Het is een copingmechanisme, dit dromen, het beleven. Proberen de man van wie ik hield te vinden toen we hem begroeven. De begrafenis was prachtig. Ik was zo trots op Darryl. Hij gaf zijn leven op voor de zaak en ik snap het. Ik bewonder hem om zijn toewijding, want het heeft hem een beter mens gemaakt.

Ze drapeerden de vlag over zijn kist. Ik gooide twee handenvol aarde op de grond en viel toen snikkend op mijn knieën. Mijn moeder en anderen, waaronder mijn vrienden, probeerden te helpen, maar ik schreeuwde ze weg. Ik wilde alleen zijn met Darryl. Ik wilde hem vertellen over de baby.

Onze baby.

Ik ging niet weg voordat ik de kans had gehad om afscheid te nemen. Ik ging naast het open graf op mijn buik liggen en liet mijn hoofd op mijn armen rusten. Ik vertelde hem hoeveel ik van hem hield en nam afscheid voordat ik hem een kus gaf en opstond.

Mama stond naast me en Moni ook. Ze namen elk een van mijn armen en trokken me weer bij elkaar. We liepen naar de auto.

Op weg naar huis voelde ik Darryl's aanwezigheid. Zijn armen lagen om me heen. De haren op mijn onderarmen rezen overeind, ik kon hem ruiken. Ik kon hem voelen.

Toen was hij weg.

Thuis voor de deur stond een langwerpige doos op me te wachten met een strik over het midden. Ik wilde vragen wat het daar deed, maar het verdriet in de kamer joeg me weg. Ik zweefde van persoon naar persoon en nam hun 'het spijt me' en 'mettertijd wordt het beter' clichés over. De gebruikelijke onzin na een begrafenis.

Toen ze weg waren, voelde ik me leeg.

Mam stopte me in bed, zoals ze altijd deed toen ik klein was.

Nadat ze de deur achter zich dicht had getrokken, hief ik mijn gebalde vuisten naar de hemel omdat ze Darryl had meegenomen.

Toen viel ik op mijn knieën van dankbaarheid voor onze baby die in me groeide.

***

Ik word wakker terwijl ik naar de lege ruimte naast me staar en het kwijl uit mijn mondhoeken veeg. De deurbel gaat. Ik gooi de dekens terug en stap op de grond. Nog voor ik onze kamer uit kan komen, vliegt mijn kamermoeder met wijd open armen op me af.

Ik moet haar die sleutel terugvragen.

"Ik was zo ongerust," zegt ze, terwijl ze me omhelst, knijpt en me weer als een klein meisje laat voelen. Ze doet een stap achteruit en kijkt naar mijn gezicht.

Ik duw mijn haar achter mijn linkeroor en probeer te glimlachen. Ik wijs mezelf in de richting van de keuken en als ik daar aankom, vul ik de koffiepot met water. Ik open de vaatwasser om mezelf bezig te houden terwijl het koffiezetapparaat achter me spuugt. Moeder sluit de deur van de vaatwasser, drukt op de nodige knoppen en duwt me in een stoel waar ik van haar niet anders dan kan zitten.

Zij zit op Darryl's stoel en ik zit op niemands stoel. Als ze het doorheeft, gaat ze op de andere stoel zitten. Ze springt op voordat ik dat kan en schenkt de koffie in. Ik voeg room en suiker toe aan de mijne en neem een slok. Eén slok is genoeg. Ik ren naar de badkamer. Ik ben vergeten dat koffie ochtendmisselijkheid veroorzaakt bij een paar van mijn vrienden.

Als ik terugkom in de keuken, heeft moeder een kopje cafeïnevrije kamillethee gezet. Het is bedoeld om me te kalmeren.

Ik neem een slokje van de bittere, hete drank en kijk toe hoe moeder in mijn keuken rondloopt als iemand met een missie. "Ik maak wat toast voor je," zegt ze als het bijna op het juiste moment verschijnt. Moeder gebruikt het mes om de korstjes fijn te maken, nog een flashback naar toen ik een klein meisje was. Dan smeert ze de boter erop en draait zich om om naar mij te kijken.

Mam voegt wat aardbeienjam toe en gaat de koelkast in. Ze haalt het blok kaas tevoorschijn dat ze over mijn toast versnippert. Ze legt het terug bovenop het broodrooster (met de jam- en kaaskant naar boven.) Ze drukt de knop naar beneden om de toast een paar seconden te laten opwarmen.

Dit is nog een ritueel uit mijn kindertijd en ik ben dankbaar dat ze er is.

Mam snijdt de toast in driehoekjes en ik kan niet geloven hoe heerlijk het smaakt als ik erin bijt. Ik eet beide sneetjes op en drink dan nog wat thee, want hij smaakt niet meer zo bitter sinds ze er een paar scheutjes honing in heeft gedaan. Ze denkt dat ik het niet gemerkt heb... Ik pak mama's hand en bedank haar nogmaals.

Baby heeft geen honger meer.

Baby's moeder is niet langer comfortabel verdoofd.

Baby's oma voelt zich niet langer nutteloos.

Moeder ruimt op en ratelt over van alles en nog wat. Ik luister zonder haar afleidingsmanoeuvres te waarderen. Ik laat haar denken dat het werkt, haar afleidingstactiek. Eerlijk gezegd kan ik haar gedachtegang en tempo niet bijhouden. Het voelt alsof ik onder water naar haar luister.

Ze lacht. Ik spring. Ik ben terug van waar mijn gedachten ook naartoe zijn gereisd. Ik ging ergens heen in een flits. Ik voelde mezelf gaan.

Ik was een klein meisje, verstopt onder de trap. Toen ging ik de trap op en de kast in waar het heel donker was. De mouwen van mijn vaders overhemd bewogen. Ik rende naar buiten, mijn verstopplek verradend. Ik werd betrapt.

"Ik herinner me de tijd," zegt moeder, en brengt me terug naar het heden. Het is alsof ze het verhaal voor het eerst vertelt. "Toen je klein was verstopte je de korsten. Voordat ik ze met een mes fijnstampte, vonden we ze in zakken, in plantenbakken. Ah, die in plantenbakken. Die slurpten het water op, waardoor sommige planten doodgingen voordat we doorhadden wat je aan het doen was.”

“De planten doden,” doe ik na.

Ze komt naar me toe, knielt en vraagt: “Gaat het, liefje?”

Ik lach bijna om haar belachelijke vraag, maar betrap mezelf voordat ik dat doe, voordat ik zeg: “NEE IK BEN FUCKING NIET OOK OOK.” Darryl. Jezus Darryl. Ik duw de stoel naar achteren, zodat er ruimte ontstaat tussen moeder en mij, en sta op. Ik ben net een zombie. Maar ik hoef me niet te voeden met mensenvlees. Ik wil Darryl. Ik glimlach als ik in mijn hoofd herhaal: need to feed need to feed need to feed.

Nu ik sta, moet ik in beweging komen. Mijn voeten willen ergens heen, waar dan ook, en toch merk ik dat ik precies het tegenovergestelde doe. Ik ga weer zitten. Moeder doet hetzelfde. Ze nipt van haar kopje koffie, dat nu waarschijnlijk ijskoud is.

Ik sta op en zeg: “Ik ben moe,” ook al ben ik net wakker, ik weet het. Zij weet dit. Toch kan het me verdomme niets schelen. Ik loop terug naar onze kamer, mijn kamer, moeder achter me aan. Als ze me inhaalt, legt ze haar rechterhand op mijn heup alsof ze me moet begeleiden. Alsof ik onderweg zou kunnen verdwalen.

Bij de deur draai ik me om en kijk haar aan. Ze heeft tranen in haar ogen, maar ze lopen niet over. Ze weet hoe het voelt om een man te verliezen, want zij heeft papa verloren, maar het is niet hetzelfde. Ze hadden een heel leven samen. Ze hadden elkaar zevenendertig jaar voordat papa stierf. Wij waren maar tweeënhalf jaar getrouwd. Darryl zal zijn zoon of dochter nooit zien. Ik wil dit zeggen, maar ik doe het niet.

Ik denk dat ze weet wat ik denk, hoewel ik het niet zeker weet. Het is dat moeder-dochter osmose ding. Ze geeft me een kus op mijn voorhoofd terwijl ze me in bed stopt. Ze gaat naar buiten en sluit de deur achter zich.

Ik stap weer uit bed, loop naar de spiegel en bekijk mezelf. In achtenveertig uur ben ik tien jaar ouder geworden. Hoewel ik het grootste deel heb geslapen, zijn de wallen onder mijn ogen enorm. Het lijkt alsof ik de hele tijd gehuild heb, maar de waarheid is dat mijn tranen al op zijn. Mijn gezicht lijkt niet meer op mij. Ik ben een vreemde, zelfs voor mezelf.

Ik laat een beetje water lopen en sprenkel het op mijn gezicht voordat ik warm water in een gezichtsdoek laat weken, die van Darryl. Ik houd het over mezelf heen om hem in te ademen.

Ik zoek zijn badhanddoek, trek mijn kleren uit en wikkel hem om me heen. Het omhult me en verwarmt me alsof ik in zijn armen lig. Ik blijf zo zitten voor wat een eeuwigheid lijkt. Alsof hij me vasthoudt. Er vloeien geen tranen. Er zijn geen tranen meer om te huilen. Het is alsof Darryl zich om ons heen wikkelt. Hij houdt ons samen, ons drieën, Darryl, de baby en ik.

Moeders geklop op de deur trekt me terug naar het heden. Ik moet in slaap zijn gevallen. Ik sta te snel op als de deur openvliegt. Darryl's handdoek valt op de grond.

Moeder en de buurvrouw lopen de kamer in en ik grijp op tijd Darryl's handdoek en verberg mijn naaktheid. Ik begin te giechelen en kan niet meer stoppen.

Moeder en de buurvrouw kijken bezorgd. De ogen van de buurvrouw puilen uit haar hoofd. Straks bellen ze de mannen in de witte jassen om me op te halen als ik me niet verman.

***

Het is mijn trouwdag en ik loop aan de arm van mijn vader door het gangpad in een grote kerk. Ik weet dat ik droom, want mijn vader heeft nooit met me naar het altaar gelopen. Hij was al dood toen Darryl en ik trouwden, en Darryl en ik zijn niet in een kerk getrouwd. Elton John's "Your Song" is ons liedje. Ik bedoel, het was Darryl's en mijn liedje. We gaven eigenlijk de voorkeur aan de versie van Ewan McGregor omdat we van Moulin Rouge hielden.

Papa en ik begroeten de mensen die we onderweg tegenkomen. Oma Eleanor, die al dood is sinds ik een klein meisje was, geeft me een kus. Ik neem een bloem uit mijn boeket. Baby's adem, haar lievelingsbloem. Ik geef het aan haar.

Ze glimlacht en er valt een traan over haar wang.

Aan de overkant van het gangpad staat mijn nicht, Ruth. Toen we kinderen waren, waren zij en ik heel close. Nu zien we elkaar nog maar zelden. Ik denk dat zij precies hetzelfde denkt als ik terwijl ik haar passeer. Notitie aan mezelf: vraag haar binnenkort mee uit eten.

Daar zijn Darryl's twee jongere broers, Dale en Donny. Hun ouders hadden iets met de letter D. Notitie voor mezelf: deze traditie niet voortzetten.

Ik zie mijn andere oma, de moeder van mijn moeder. Ze is niet op onze bruiloft geweest. Zij en moeder houden elkaars hand vast en ik maak me even los van papa om ze allebei een dikke knuffel te geven. Mijn knieën knikken een beetje als oma mijn hand neemt en er iets in laat vallen. Instinctief sluit ik mijn vingers eromheen; ook al zie ik niet wat het is, ik voel dat het een sleutel is. Papa trekt mijn arm in de zijne en we gaan weer op weg naar het altaar.

Mijn bruidsmeisjes, Trish en Moni (kort voor Monique) staan nu dicht bij me. Ze zien er prachtig uit in hun antiek witte jurken, maar wacht, ik was degene die antiek wit droeg.

Papa draait me om, haalt mijn hand van zijn arm en slaat die om die van Darryl. Ik draai me om om naar mijn toekomstige man te kijken, maar het is Darryl niet. Nou ja, ooit was het Darryl, maar nu niet meer. Hij is dood. Hij is een rottend lijk.

Ik gil als het groene slijm uit zijn lippen stroomt als hij probeert te glimlachen. Ik ben niet de enige die schreeuwt.

Iedereen schreeuwt.

Alles schreeuwt, zelfs de machines.

Ik open mijn hand.

Ik slik de sleutel in.

Overal versplinteren stukjes glas.

***

Ik open mijn ogen. Ik ben niet thuis, maar in het ziekenhuis. Ik hoor getik, hartslag. Piepen. Fluisteren. Ik sluit mijn ogen weer. Ik doe alsof ik slaap.

"Geen verandering."

"Kan het niet opgeven."

"En de baby dan?"

De baby. Die twee woorden brengen me terug naar de realiteit en ik probeer rechtop te gaan zitten, maar ontdek dat ik dat niet kan.

Wanneer ik mijn armen of benen niet kan bewegen, gil ik. Ik grijp naar mijn buik, mijn baby, ons kleintje, en ontdek dat de babybuil nu groter is. Hoe lang heb ik geslapen?

"Mam?"

"Oh, schat! Lieverd," zegt ze. "Het komt wel goed met je," zoemt ze, maar ik geloof haar niet. Geen woord.

"Hoe lang ben ik hier al?" vraag ik en mijn hoofd lijkt wel een echokamer als de woorden in mijn schedel nagalmen.

Ze omhelst me en houdt me vast in plaats van antwoord te geven. Als ik me terugtrek, houdt ze mijn hoofd in haar hand en staart in mijn ogen alsof ze me probeert te vinden.

Ik probeer niet met mijn ogen te knipperen, maar ik kan niet stoppen. Haat je het niet als dat gebeurt? Zodra je probeert iets niet te doen, verraadt je lichaam je en laat je het nog meer doen.

Ze zegt niets. Ze denkt dat ik de waarheid niet aankan. De 'handle the truth'-stem in mijn hoofd is die van Jack Nicholson in *A Few Good Men*. Darryl hield van die film. We hebben hem zo vaak gekeken dat ik de tel ben kwijtgeraakt.

"Ik wil het weten," hoor ik mezelf zeggen, maar door de manier waarop ze naar me kijkt, weet ik niet zeker of ik het hardop zei of in mijn hoofd. Ik probeer het nog een keer, dit keer iets harder en ze reageert.

"Laat mij maar," zegt ze en dan gaat ze weg, om even later terug te komen met iemand die ik niet herken. Ze lopen met z'n tweeën door de kamer alsof ze een toneel aan het uitzetten zijn voor een toneelstuk in het theater. Ze fluisteren, kijken me dan aan en fluisteren nog meer.

Wat onbeleefd.

Ik wacht, alsof ik onzichtbaar ben en probeer niet te ontploffen.

De vreemdeling steekt een naald in mijn arm en weg ben ik, denkend dat ziekenhuispersoneel in straatkleding verboden zou moeten worden.

Ik droom weer dat ik over straat loop, op zoek naar Darryl terwijl de bommen afgaan.

***

De bult op me is nu nog groter. In feite merkbaar groter. Als de baby beweegt, zie ik stukjes van hem of haar door mijn huid heen. Ledematen die afdrukken maken alsof ze me binnenstebuiten keren terwijl ons kind tegen de wanden van mijn buik duwt.

Ik ben niet langer in het ziekenhuis. Ik ben thuis, in een kinderkamer, schommelend in een verzorgingsstoel die niet schommelt in de gebruikelijke zin van het woord. In plaats daarvan glijdt hij.

Slapende schapen met zzzs om hun hoofd staan langs de muren te wachten om geteld te worden. Ik begin te tellen en glimlach dan, terwijl ik naar de wieg kijk. De tijd staat stil, dat moet wel, want er gebeurt niets hier, vandaag, nu.

Ik hef mezelf op uit de stoel, half wakker en half in slaap. Ik raak de mobiel aan en hij begint Frere Jacques te spelen. Ik zing mee, terwijl ik een deken oppak met een schaap erop.

Ik vouw de deken kleiner en kleiner, tot het een piepklein vierkantje is. Dan leg ik het terug in de wieg en vang een glimp van mezelf op in de spiegel in de hoek.

Een deel van de spiegel is zichtbaar en een deel niet, omdat er iets overheen ligt. Ik ga dichterbij en til het stofschild eraf om een schat te onthullen die al tientallen jaren in mijn familie is. Een familiestuk dat is doorgegeven door de moeder van mijn moeders moeder.

Het frame voelt koel aan als ik er met mijn vingers langs strijk. Het is van hout en gegraveerd met een paar verstrengelde handen. De geregen vingerafdrukken voelen nog koeler aan. Ik beweeg mijn lichaam dichterbij tot mijn babybuil tegen het glas drukt. Het raakt het niet. Het gaat er doorheen. Terwijl ik steeds dichterbij kom, verdwijnt mijn babybuil erin.

Ik doe een stap achteruit en mijn babybuil maakt zich los met een zuigend geluid. Mijn baby schopt en schopt weer als ik wegga van de spiegel en terugga naar de stoel waarin ik was begonnen. Terwijl ik ga zitten, start de mobiel opnieuw en beginnen we mee te glijden.

Mijn baby komt tot rust en we slapen.

***

"Wakker worden Cath," zegt Darryl.

Ik rol naar hem toe en kruip tegen hem aan. De baby hobbelt tussen ons in. We kunnen niet meer zo dicht bij elkaar komen als vroeger, maar op veel andere vlakken zijn we dichter bij elkaar.

De wekker gaat en ik knuffel me tegen Darryl's kussen, niet tegen hem. Mijn baby schopt en ik stap uit bed om half wakker door de gang naar de badkamer te lopen, waar ik naar de wc ga. Ik zet het water aan, ga onder de douche staan en laat het water over me heen lopen.

Mijn baby vindt het water heerlijk en we blijven daar staan tot het warme water op is en overgaat in koud. Ik heb nu honger, trek mijn kamerjas aan en ga naar beneden als mama door de voordeur naar binnen loopt. Ze moet aangebeld hebben toen ik onder de douche stond. Notitie aan mezelf: vraag mama om de sleutel terug te geven.

"Ik heb cadeautjes meegenomen," zegt ze. Ze gooit een hele doos ijskoude donuts op tafel; de donuts zijn nog warm en ruiken hemels. Ik stop er een in mijn mond en zij in de hare. We omhelzen elkaar en nemen nog een donut voordat we besluiten een pot thee te zetten.

Mijn baby schopt een bedankje en mama voelt het zelf ook. "Oh," zeg ik, terwijl de baby zijn aanwezigheid verder kenbaar maakt door een soort salto in mij te maken.

"Gaat het?" Vraagt mama.

"Hij is gelukkig," zeg ik.

Mam merkt op dat ik hij zei. Ze zegt er niets over. In plaats daarvan vertelt ze me de laatste roddels.

Ik luister uit beleefdheid, niet omdat ik geïnteresseerd ben in het plaatselijke reilen en zeilen. Vroeger, ik bedoel voordat ik Darryl ontmoette, droeg ik mijn steentje bij door op de roddeltrein te springen. Soms was ik zelfs de conducteur zonder hoed. Soms was ik de stoker. Hoe dan ook, ik zat altijd op de trein. Ik liet me meevoeren door de roddelaars.

"Heb je de kinderkamer gezien?" vraag ik vanuit het niets, terwijl ze midden in een roddelzin zit.

Ze kijkt me aan alsof ik een vreemde ben. "Weet je zeker dat alles goed is?" vraagt ze, met een grote frons langs haar voorhoofd in de vorm van een horizontaal vraagteken.

Ik realiseer me dat ik iets raars heb gezegd, misschien wel iets stoms. Ik weet niet wat het is. "Het gaat goed," zeg ik, in een poging haar gerust te stellen.

Ik sta op, in de hoop dat zij hetzelfde zal doen, maar dat doet ze niet. In plaats daarvan pakt ze nog een donut uit de doos en neemt een hap.

Mijn baby schopt me hard. Alsof hij nog een donut wil. Ik moet plassen en zeg het. Mama volgt me door de gang.

"Ik zie je in de kinderkamer," zeg ik.

"Oké," antwoordt mama.

Als ik bij haar kom in de kinderkamer, staat mama voor de spiegel. Ik voeg me bij haar, ga naast haar staan en stap steeds dichter naar het glas toe. Ik test of de baby erdoor zal gaan, zoals gisteren, maar dat doet hij niet. Geen rimpeling. Geen verbinding. Was ik aan het dromen?

Als ik me omdraai, begint de mobiel uit zichzelf Frere Jacques af te spelen.

"Ik heb het teruggespoeld, Cath," zegt ze, "we hebben het prachtig ingericht, hè? Ik ben zo blij."

Ik kan me het versieren niet herinneren en wil het ook niet toegeven. Hoe kon ik zoiets vergeten?

"Je betovergrootmoeder zou zo blij zijn. Ik ben blij dat de spiegel nu van jou is."

De wereld begint te draaien en te vervagen. Ik beweeg me naar voren en val bijna om. Mam vangt me op en map me in de stoel waar ik heen en weer glijd.

"Is de spiegel niet terecht van jou?" Vraag ik.

"Ja, maar dat vind ik niet erg. Hij staat perfect in deze kamer."

Denkend aan de spiegel val ik in slaap. Moeder is weg. Het is hier donker, op een flikkerend lichtje in de hoek een eindje van de spiegel vandaan.

De baby schopt. Hij is onrustig. Ik sta op en loop naar de spiegel. Als we dichterbij komen, wordt het licht helderder. Mijn baby schopt en beweegt. Ik trek de deken van me af en kijk naar de weerspiegeling van mijn babybuil, die steeds dichterbij komt. De baby trapt een velddoelpunt.

Mijn baby stoot tegen de spiegel. De baby schopt nog een keer, waardoor het gat tussen de bult en het glas kleiner wordt. Wanneer de twee elkaar raken, verdwijnt mijn babybuil erin. Er wordt aan me getrokken.

Ik sta nu met mijn neus tegen het glas. Ik druk mezelf verder naar binnen tot mijn volledige gezicht erin zit. Mijn hoofd volgt. Mijn baby rolt weg in de weerspiegeling.

Een sterke windvlaag steekt ergens achter ons op en duwt ons verder naar binnen. Nu is er genoeg van mij binnen om het verschil in de lucht op te merken. Herfst. Bladeren. Het was lente waar we waren en herfst hier. Hoe kan dat nou?

Ik kon de koele lucht ruiken en voelen, die om ons heen golft en ons verwelkomt. Een briesje fluistert over mijn huid als een aanraking.

Mijn baby duwt naar voren en naar achteren, op zoek naar troost aan de andere kant. Troost in de glazen wereld. Ik streel mijn babybuil ter geruststelling en mijn baby duwt terug om hetzelfde voor mij te doen.

Het is prachtig daar. Ik ben midden in een bos. Nee, ik ben op een strand met zand, puur wit zand en golven die op de kust slaan en beuken.

Nee, ik ben in de buurt van bergen, hoge bergen waar paden omheen kronkelen. Het zijn vele werelden die in elkaar overlopen. Ik hoor vogels zingen. Er zijn raven, kraaien, blauwe gaaien, flamingo's, kookaburra's, whinchats, mussen, spotvogels en meeuwen. Ik proef het zout van de oceaan op mijn tong.

Ik roep "Hallo" en mijn stem galmt rond en rond en rond. Mijn baby danst op de echo, kietelt, maakt me aan het giechelen. Ik voel vrede, puur en zoet. Blij. Thuis.

Aan de andere kant, achter me, trekt iets me terug. Ik wil niet weg. Mijn baby wil niet weg, maar iets grijpt me vast. Het rukt ons daar weg. Terug.

"Wat ben je in godsnaam aan het doen?" roept iemand. Hun stem is wiebelig, vervormd.

Ik hoor de woorden, maar de stem klinkt alsof hij in een wolk zit.

***

Zodra we terug zijn, willen we weer weg. We willen daar zijn, daar bestaan. Alleen daar en nergens anders.

Het is Moni en ze is heel boos op me. "Wat dacht je wel?"

Ik zeg niets terwijl ik weer naar de spiegel kijk.

"Hou me niet voor de gek," zegt Moni. "Je was op reis. Ik bedoel in een andere dimensie, toch?"

"Op reis?" imiteer ik. Ik denk er even over na, hoe gek ik eruit moet hebben gezien en zeg: "Ik keek naar mijn spiegelbeeld, ons spiegelbeeld. De baby en ik."

"Het grootste deel van jou was weg!" schreeuwt Moni. "WEG!"

Ik lach, probeer te doen alsof ze niet had gezien wat ze had gezien. Proberen haar het gevoel te geven dat ze gek was. In plaats van mij. Ik was daar geweest. Ik had een andere wereld gezien. Ik steek de kamer over, weg van de spiegel, draai me om en loop naar de spiegel. Ik maak een vuist en sla hem tegen het glas, hopend dat er niets zou gebeuren en dat gebeurde niet.

Moni volgt me en doet hetzelfde. Dan staan we oog in oog en barsten in lachen uit. We moeten er gek uitgezien hebben. Krankzinnig. Belachelijk.

De baby schopt.

Niet lang daarna zijn we beneden. Moni zegt dat mijn moeder weg moest en dat ze daarom kwam.

"Ik heb geen oppas nodig."

"Het is zes maanden geleden," zegt Moni, "sinds Darryl is overleden, en we maken ons allemaal zorgen om jou en de baby."

"Met de baby en mij gaat het goed," zeg ik. "Ik... we missen hem nog elke dag, maar het wordt makkelijker." Het was een leugen.

"Ik weet wat we morgen moeten doen," zegt Moni. "Laten we naar het strand gaan."

Het klinkt leuk en dus ga ik akkoord. Ik ben echter niet van plan om een badpak te dragen.

***

We komen aan op het strand met een picknickmand vol lunch en allerlei lekkers. We schoppen onze schoenen uit en laten het zand tussen onze tenen ploffen, ook al is het verre van warm buiten.

"Darryl en ik kwamen hier altijd graag in de zomer."

"Hij is hier nu en altijd bij ons," zegt Moni.

Moni heeft gelijk, maar dat weerhoudt me er niet van hem te missen. Ik wil meer dan zijn herinneringen. Ik wil hem hier met zijn armen om me heen.

"Ik mis zijn armen, dat hij me vasthoudt, zijn adem. Ik mis alles aan hem, elke dag weer."

Moni slaat haar arm om mijn schouder.

"Het moeilijkste is," ga ik verder, "Darryl zal onze baby nooit kennen en onze baby zal Darryl nooit kennen."

"Je weet niet wat de toekomst voor je in petto heeft," zegt Moni.

Ik weet waar ze naartoe wil. Ze stelt voor dat ik iemand anders ontmoet. De gedachte is het overwegen niet waard. Ik droeg Darryl's baby, in godsnaam.

"Ik wil niemand anders. Niemand kan Darryl vervangen of wat we samen hadden. Bovendien is mijn hart te gebroken. Ik zal nooit van iemand anders houden. Mijn hart behoort alleen aan Darryl toe."

"Zeg dat niet. Je weet niet wat de toekomst voor jou in petto heeft. Liefde kan meer dan eens gebeuren. Kijk naar mijn moeder. Ik bedoel, papa stierf, ze trouwde met mijn stiefvader en vond de liefde voor de tweede keer. Het is niet hetzelfde. Het kan nooit hetzelfde zijn als je eerste liefde, maar het kan nog steeds liefde zijn. Het kan genoeg zijn. Je moet ervoor openstaan. Zij zijn gelukkig en jij zou dat op den duur ook kunnen zijn," zegt Moni.

Dan trek ik een sprintje, zoveel als een zwangere vrouw van acht maanden kan sprinten, en ik loop het water in. De temperatuur is koud maar verfrissend, en ik hou van het gevoel van de koelte op mijn huid.

Moni duwt zich naast me.

"Deze baby houdt van water."

Moni legt haar hand op mijn buik en de baby schopt. "Dat doet hij zeker," zegt ze.

We staan tot onze knieën in het water en laten de golven over ons heen spoelen. De baby vindt het prachtig en maakt een paar salto's.

"Ga je me er nog over vertellen?" vraagt Moni.

"Ik weet niet zeker wat je bedoelt," zeg ik.

"Ik bedoel over dat spiegelgedoe, wat je aan het doen was? Was je op reis? Wereldhoppen?"

Ik denk erover na en besluit dat ze gelijk heeft. Ik bedoel, door de spiegel waren mijn baby en ik naar een andere plaats gereisd. Een andere dimensie. De muziek van *The Twilight Zone* weerklinkt in mijn hoofd.

"En wat zou jij daarvan weten?" vraag ik.

"Ik kijk films, lees boeken. Er wordt zelfs gereisd in Alice In Wonderland Toen ik binnenkwam, was het grootste deel van jou weg en het was duidelijk dat het in de spiegel was. Jij zat in de spiegel. Dus, wat heb je gezien? Of heb je iets gezien?"

"Ik weet niet zeker of ik erover wil praten," zeg ik omdat het een geheim is. Ik wil het voor nu dicht bij mijn borst houden. Het voelt alsof als ik het hardop zeg, het misschien weggaat. Ik wist dat het stom klonk, maar het was allemaal zo vreemd geweest en het was me maar één keer overkomen. Twee keer voor de baby, maar één keer voor mij. Ik wil erbij zijn en het nog een keer doen voordat ik er met iemand anders over praat.

"Beloof me één ding," zegt Moni terwijl we de zon onder zien gaan op weg naar huis. "Beloof me dat je niet alleen naar binnen gaat. Ik bedoel, zonder iemand aan deze kant om je terug te trekken."

Ik knik in een soort belofte, maar ik weet niet zeker of ik van plan ben om me eraan te houden.

"Ik wil vannacht graag bij je blijven om je gezelschap te houden," zegt Moni.

Ik zeg dat het goed is, want ik ben te moe om iets anders te doen dan slapen, uitgeput van de frisse zeelucht. Mijn baby beweegt niet eens in me.

Ik trek mijn pyjama aan en val meteen in slaap. Ik droom van Darryl, zoek hem, zoek hoog en laag en overal. Ik loop en loop en mijn voeten blaren en bloeden, maar nog steeds geen Darryl. Af en toe kom ik iemand of iets tegen, zoals een vogelverschrikker in een veld. Ik vraag of hij Darryl heeft gezien en net als in The Wizard of Oz wijst hij alle kanten op. Geweldige hulp is hij.

Ik vraag ook aan een rare, baardige vrouw die in een circus werkt of ze Darryl heeft gezien. Ze lacht en lacht en lacht.

Hij is nergens, dus ik maak mezelf wakker en zet mijn laptop aan. Ik kijk de hele avond naar foto's van ons. Van ons leven.

Toen we samen waren, kon je overal liefde om ons heen zien. Ik weet dat het klinkt als een stom cliché, maar het was er, vooral als Darryl naar me keek of als ik naar hem keek. We hielden van elkaar met een liefde die er nooit meer zou zijn in een wereld waarin we uit elkaar waren.

Terwijl ik alleen door het verleden zoek, heb ik het gevoel dat hij en de baby en ik samen naar de foto's kijken. De baby zit op mijn schoot. Darryl staat achter me en kijkt over mijn schouder terwijl ik van pagina naar pagina blader.

De zon komt op en brengt een nieuwe dag als ik klaar ben.

Uitgeput ga ik terug naar bed.

***

"Cath. Cath! CATH!"

Wat nou? Hou op. Ik wil blijven dromen.

"CATH!

Ik realiseer me dat ik Darryl's stem hoor. Wat? Ik schud mezelf wakker. Ik luister en hoor het weer.

"Cath."

"Darryl?"

Ik gooi de dekens terug en open de slaapkamerdeur. Nu ik heb geantwoord, fluistert hij mijn naam opnieuw en opnieuw.

Ik bevind me in de babykamer waar ik stil blijf staan en luister. Ik ril alsof er een briesje door me heen waait. Dan pak ik de deken uit de wieg en sla hem om mijn schouders. De baby is stil, alsof hij nog niet wakker is.

"Cath."

Ik kijk naar het raam. De wind laat het klikken en klepperen en duwt het dan helemaal open. De koele herfst slaat zijn armen om me heen, houdt me vast en duwt me tegelijkertijd.

"Cath."

Ik draai me om naar waar de stem vandaan komt. De spiegel. Mijn baby wordt wakker en schopt me, hard. Ik sta in de houding en loop naar de spiegel. Het houten frame van handen beweegt, verdraait, verschuift. Het glas in het frame glinstert en trilt. Het is alsof er een wolk in de kinderkamer is gekomen en door het glas gaat. Ik stap dichterbij. Ik hef mijn hand op en plaats mijn handpalm tegen het oppervlak.

*SPIEGEL JE WEERSPIEGELT ME

MET OVERBODIGHEID.

Een gedicht dat ik op de middelbare school las, dringt mijn gedachten binnen. Het schiet me te binnen als mijn hand door het oppervlak breekt en in het glas verdwijnt.

Verderop, nog steeds de kloof overbruggend. Daar is het. Een andere hand die op de mijne drukt. De hand van Darryl. Darryl's hand?

Ja. Bevestigd wanneer de wolk in de spiegel verdwijnt. We raken elkaar handpalm tegen handpalm.

Geschrokken stap ik achteruit en trek mijn hand ook terug. De baby schopt en ik raak hem met mijn handpalm aan. De wolk trekt zich terug terwijl ik de baby troost en Darryl verdwijnt.

Ik wil de wolk vernietigen.

Ik wil erin zitten.

Had ik het me allemaal verbeeld? Was ik gek geworden?

Ik ben gek.

"Cath. Kom terug. Alsjeblieft."

Ik streel onze baby met één hand en dan komt er een hand langs, naar onze kant en houdt mijn hand vast. Het is Darryl's hand. Hij is hier, troost onze baby. Op de een of andere manier. Op een of andere manier. Mijn liefste.

"Darryl.

Zijn andere hand, die met zijn trouwring, gaat door de spiegel naar onze kant. We vallen in hem, in zijn omhelzing, in de spiegel.

"Oh Cath."

Zijn handen doen me rillen als hij ze over de baby laat gaan. De baby draait zich naar hem toe en we zijn halverwege binnen en halverwege buiten.

"Hij is prachtig," zegt Darryl. "Net als zijn moeder."

"We weten niet of hij een hij of een zij is," zeg ik, terwijl ik in zijn blauwe ogen kijk.

"Hij is zeker een hij," zegt Darryl. "Hij is sterk en gezond."

Als reactie op zijn vaders stem schopt en rolt de baby.

"Sta stil," zeg ik terwijl ik me verder in de spiegel klem. De baby is er bijna doorheen, maar ik ben niet door het glas heen. Ik kan me altijd terugtrekken als dat nodig is. Ik weet niet zeker waarom ik me zorgen maak. Het is tenslotte Darryl. Wat heb ik hem gemist. Toch blijft een deel van mij verankerd aan de andere kant.

"Darryl, dit is je zoon. Zoon, dit is je papa," zeg ik terwijl de tranen als watervallen over mijn wangen stromen. Geen kleine, kleine vrouwentranen, maar dikke, weelderige, regenachtige tranen. Ik snik.

Darryl kust me op mijn lippen. Hij smaakt naar de herfst, maar is warm en koel tegelijk. Dan buigt hij zich voorover en kust onze baby.

"Zoon, je moet voor me op je moeder passen oké ik ben zo trots op je en op wat je op een dag zult zijn. Ik hou van je. Ik hou van jullie allebei."

Ik duw ons, duw ons iets meer naar voren. Ik overweeg om helemaal door te gaan, maar iets, een gevoel houdt me tegen. Ik wil er zijn. Ik wil doorgaan en bij Darryl zijn, waar hij ook is. Ik wil dat we voor altijd met z'n drieën samen zijn. Vastbesloten probeer ik te duwen en te duwen. Ik wil dat we er helemaal doorheen komen.

"Niet doen," smeekt Darryl. "Probeer het niet eens. We hebben het nu. Laten we ervan genieten zolang het nog kan. Het is onvergeeflijk."

"Ik wil jou. Ik wil dat wij drieën samen zijn. Altijd."

"We hebben alleen wat het ons zal geven," zegt Darryl. "Tijd is een wispelturige vriend of vijand. We weten nooit wat komt en wat gaat."

"Je bent een dichter en ik wist het niet eens," zeg ik met een giechel.

Er waait een stevige bries en Darryl doet een stap achteruit. Weg.

"Ga nu," spoort hij aan.

"Nee! Waar ga je heen Darryl?" roep ik. "Kom terug. Verlaat me alsjeblieft niet. Verlaat ons niet weer."

"Ik zal proberen terug te komen, om jullie weer te zien, zo snel als ik kan. Als ik kan. Ga nu. Op een of andere manier. Denk altijd aan me. Ik zal je altijd koesteren. Geloof in me en dan kunnen we misschien proberen elkaar weer te ontmoeten."

De wind blaast in een enorme wolk. Hierdoor kunnen we Darryl niet zien. De wolk was eerst wit en gezwollen, maar nu is hij zwart en vol woede.

Ik trek ons terug.

Terwijl ik dat doe, knikken mijn knieën.

Ik laat me op de grond vallen en snik.

Het voelt alsof ik Darryl helemaal opnieuw ben kwijtgeraakt.

Maar deze keer huil ik voor twee. Rouwend om twee.

***

"Cath, gaat het?"

Ik word wakker en herinner het me, maar het is alleen mijn moeder. Ze probeert me van de grond te tillen, maar ik ben te zwaar.

"Ik heb een ambulance gebeld," zegt ze terwijl ik mezelf overeind probeer te trekken en dat niet kan.

"Ik wil naar bed," zeg ik terwijl ik vecht tegen nog een huilbui.

De ambulance komt eraan en ze rennen de trap op. Ze testen mijn vitale functies en die van de baby en zodra ze bevestigd hebben dat alles in orde is, helpen ze me in bed.

Mama staat erbij en om haar beter te laten voelen zeg ik: "Hij is in orde en ik ben in orde."

Ze blijft staan. "Ik wist niet dat je al gevraagd had naar het geslacht van de baby."

"Uh, dat heb ik niet," zeg ik, "Het is een gevoel dat ik heb, dat hij een hij is."

De leugen lijkt te werken. Ik doe alsof ik vermoeider ben dan ik eigenlijk ben. De baby lijkt ook te slapen. Nadat ze me een kus op mijn voorhoofd heeft gegeven, gaat mama naar buiten en doet de deur achter zich dicht.

Ik lig uren wakker, denk aan Darryl en vraag me af wanneer we elkaar weer kunnen zien, elkaar weer kunnen aanraken.

***

Elke dag na ons bezoek aan Darryl wil ik terug.

Ik schrijf precies op wat er gebeurt. Het bijhouden van een verslag is zinvol. Het is de enige manier waarop ik ervoor kan zorgen dat mijn zwangerschapsbrein mijn herinneringen intact houdt. Door het allemaal op te schrijven, erdoor geobsedeerd te raken, kunnen we dezelfde dag steeds opnieuw beleven. Het is net onze eigen versie van de Groundhog Day-film, alleen ben ik deze keer Bill Murray.

Darryl had gezegd dat het 'onvergeeflijk' was. Bedoelde hij tijd?

Ik vraag Moni wat ze ervan vindt. Zij vindt het ook nogal vreemd.

We beginnen samen te werken om bovennatuurlijke gebeurtenissen te onderzoeken. We richten ons op gebeurtenissen die te maken hebben met reizen binnen spiegels on-line.

We vinden intrigerende artikelen over parallelle universa. Sommige verwijzen naar spiegels als toegangspunten. Het onderzoek spreekt over zaken als virtuele werkelijkheden en dimensionale splitsingen. Er wordt ook gesproken over dimensionale deuropeningen en het occulte. Behalve fictieve romans vinden we echter geen echt bewijs, hoewel we wel een paar beweringen vinden.

We vinden een paar lijsten met dingen die je nooit met spiegels moet doen, zoals:

Kijk nooit in een spiegel bij kaarslicht, het kan je een erg spookachtige versie van je huis laten zien.

Als je in een spiegel staart tussen twee hoge, witte kaarsen, kun je de geest van een overleden dierbare zien. Hun ziel kan vastzitten in je spiegel.

Daar sprong mijn hart van uit mijn mond.

Zat Darryl's ziel daar vast? Het leek geen slechte of enge plek, maar hij had het over het onvergeeflijke.

Ik rilde en ging door naar het volgende punt.

Bedek een spookspiegel altijd tijdens onweer. De bliksem zal de geesten vrijlaten.

Ik vertel Moni dat toen ik voor het eerst de kamer binnenkwam, de spiegel gedeeltelijk bedekt was. Ik omhels mezelf en ril opnieuw.

"Ten eerste," zegt Moni, "Je moeder heeft hem daar waarschijnlijk neergezet om hem van de vloer te houden. Het is niets. Toeval." Ze kijkt me aan. "Weet je zeker dat je hiermee door wilt gaan?"

Ik knik en lees de volgende.

Het is een slecht voorteken om een spiegel uit het huis van een overledene cadeau te krijgen.

"Oh mijn God!" gil ik en duw mijn vuist in mijn mond. Ik wil de baby niet bang maken, maar de spiegel is al eeuwenlang in onze familie na een overlijden. Niet als cadeau met een strik erom, maar als geschenk en familiestuk.

Ik weet niet zeker wie de spiegel had voordat hij in onze familie kwam. Ik moet er meer over te weten komen.

Ik leg dit uit aan Moni, die zelf ook een beetje rilt voordat ze het volgende leest.

Als iemand zijn spiegelbeeld ziet in een kamer waar onlangs iemand is overleden, dan zal diegene snel sterven.

"Oef, we zitten goed op één," zegt ze en kijkt dan naar mij om te bevestigen, wat ik doe met een knikje.

Ik lees de volgende.

Als er 's nachts een geest door je huis dwaalt, kan een spiegel hem vangen.

Dat is eng. Geen van ons beiden zegt er iets over.

De baby beweegt.

Ik blader door het artikel. Er is wetenschappelijk bewijs. Het noemt kwantumspiegels en multiversumspiegels als poorten naar andere werelden.

"We moeten meer weten. Ik moet meer weten over deze spiegel en hoe hij in mijn familie terecht is gekomen. Waar is het begonnen? Wie gaf het aan ons en wanneer?" Zeg ik met een trilling.

"Hoe gaan we dat doen?" vraagt Moni, en we zitten er allebei, alleen maar samen, een hele tijd over na te denken.

De dagen en weken gaan voorbij. Moni en ik zoeken verder wanneer we tijd hebben.

We volgen het concept van reizen door spiegels. Het gaat helemaal terug naar oude beschavingen.

We onderzoeken onze spiegel van top tot teen in de hoop een merkteken van de fabrikant te vinden. Geen geluk.

De baby wordt over een week verwacht - een paar dagen meer of minder - en Moni en ik zitten samen in de keuken. Ik zie aan de manier waarop ze begint en stopt dat ze iets belangrijks aan haar hoofd heeft.

"Je vindt het misschien een beetje gek."

"Vertel," zeg ik.

De baby schopt. Ik streel zijn voet.

"Ik waarschuw je," zegt Moni. "Het is daarbuiten."

"Ga door."

"Oké, daar gaan we. Online heb ik een vrouw gevonden die paranormaal begaafd en medium is. Ze heeft een uitzonderlijk goede, zelfs uitstekende reputatie. Ze boekt resultaten met de zaken waar ze zich mee bezighoudt."

Ik leun dichterbij.

"Tante Maria doet kaartlezingen als hobby. Ze heeft zich ingelezen over de vrouw waar ik het over heb. Ze heeft alleen maar goede dingen over haar gevonden."

"Een helderziende hè?" Zeg ik. Ik begrijp niets van medium mumbo jumbo. Hoewel ik wel weet van die man die op televisie was, John somebody. Edwards. Ik zeg zijn naam hardop.

"Ja," zegt Moni.

"Bedoel je dat de helderziende dame contact opneemt met Darryl?"

Moni knikt.

"Maar ik heb zelf contact met hem kunnen maken. Ik weet niet wat zij zou kunnen doen om te helpen, want we zijn er zelf al geweest."

"We moeten het proberen. We hebben haar nodig. Niet voor Darryl, maar voor de spiegel," zegt Moni. "Als het een reizende spiegel is. Je zegt dat het zo is omdat je erin gereisd hebt. We moeten er meer over weten. Zij zou het kunnen testen. Helderzienden doen testen, bedoel ik."

"Oh," zeg ik, en ik ben nu meer geïnteresseerd dan eerst. Ik leun wat dichter naar haar toe.

"Ik heb haar een beetje uitgelegd wat er gebeurd is, zonder in al te veel details te treden. Haar naam is Anna August en ze wil je absoluut ontmoeten en de kamer en de spiegel zien. Ik wil er ook graag bij zijn, voor morele steun. Tenminste, als je dat wilt."

"Je moet hier bij me zijn," zeg ik en de baby schopt om zijn stem te registreren. Ik loop naar de waterkoeler en schenk mezelf een glas koele vloeistof in. "Hoeveel vraagt ze voor een bezoek?" zeg ik na een paar slokken.

"Vijfhonderd."

Ik ga zitten en druk het koele glas tegen mijn voorhoofd.

"Ik weet dat het veel is om te vragen," gaat Moni verder, "en ik wil het graag als cadeau aanbieden."

"Dat is lief van je," zeg ik. "Maar als jij en ik er fifty-fifty voor gaan, waarbij de helft een cadeau van jou is, dan zou dat prachtig zijn. Hoe int ze het? Ik bedoel, van tevoren?"

Moni legt uit hoe het zou werken. We moeten meteen tien procent aanbetalen als teken van vertrouwen. Anna zou ons een ontvangstbewijs sturen en een datum en tijd afspreken voor een persoonlijk bezoek. Op een afgesproken datum zou het resterende bedrag bij aankomst betaald moeten worden.

"Bij aankomst?" zeg ik. Het lijkt een beetje brutaal om zo vooraf geld te vragen, maar wie kende het protocol voor helderzienden?

Moni pakt een glas sinaasappelsap uit de koelkast en neemt een lange slok. "Volgens hun website is de levering bij binnenkomst in het huis van hun klant, en dat ben jij dus."

"Oh, dus ze belooft niets in ruil dan?"

"Uh, nee," bevestigt Moni. "Maar ik heb het gevoel dat dit de norm is in de paranormale wereld. Als ze ermee instemt om je zaak aan te nemen, committeert ze zich volledig. Ze wil er zeker van zijn dat haar cliënten dat ook zijn. Ze mag kiezen wie ze wil helpen. Door haar nieuwe klanten te vertellen dat ze een aanbetaling wil met het saldo vooraf, kan ze de mafkezen eruit halen."

Ik lach, me afvragend of ze me ook een gek zou vinden als ik vooruitbetaalde. "Is ze, is Anna van hier?"

"Nee, ze is een buitenstaander, maar ze wist waar je woonde. Ik bedoel voordat ik haar je adres vertelde. Ze zei dat ze de afgelopen maanden een vreemde verstoring had gevoeld in dit gebied. Het was zelfs zo sterk dat ze overwoog het zelf te onderzoeken."

Dit klinkt interessant en vergezocht tegelijk. "Bedoel je dat ze een voorgevoel had?"

"Dat vroeg ik me ook af, maar ze zei van niet. Hoewel ze die wel vaak heeft. In dit geval voelde ze een psychische verstoring. Iets overviel haar. Haar haren gingen overeind staan. Dat soort dingen."

Als ik naar een enge film kijk, overkomt me dat ook, maar ik zeg het niet. In plaats daarvan stem ik ermee in de aanbetaling te sturen en haar bij aankomst het volledige bedrag te betalen. "We moeten meer te weten komen, en we hebben niet veel opties."

"Er zijn genoeg andere opties," zegt Moni, "maar Anna heeft street cred. Ik zal ervoor zorgen dat het zo snel mogelijk gebeurt."

***

Op 3 mei, om drie uur 's middags, arriveert de beroemde helderziende en medium Anna August bij mij thuis. Moni en ik verstoppen ons achter de gordijnen. We kijken toe hoe ze vanuit haar voertuig mijn oprit op stapt. We zijn allebei erg nieuwsgierig en willen haar eerst in levende lijve ontmoeten.

De afgelopen weken zijn we geobsedeerd geraakt door Anna. Tegelijkertijd ben ik geobsedeerd geraakt door de spiegel sinds Anna me zei dat ik daar weg moest blijven. Ik had haar niet gesproken, maar ze stond erop dat Moni de dringende boodschap aan mij doorgaf.

De boodschap was dat als ik weer naar binnen zou gaan, ze het zou weten. Onze afspraak zou worden geannuleerd. En dat volledige betaling hoe dan ook vereist zou zijn.

Het zou gemakkelijk geld voor haar zijn als ik de waarschuwing negeerde. Ze zou betaald worden zonder ook maar een stap over mijn drempel te hebben gezet. Haar woorden maakten me zo bang dat ik de deur van de kinderkamer op slot deed. Voor het geval dat.

Anna is rond de zestig en een knappe vrouw. Ze is niet knap, ze is knap. Dat is niet beledigend bedoeld. Zo komt ze op ons allebei over. Ze is erg lang, bijna twee meter, en ze draagt haar haar in een knot bovenop. Dat maakt haar lengte nog groter.

Ze draagt een bloedrode overjas met hoge kraag en zwarte hartvormige knopen. Aan haar voeten dikke zwarte sleehakken. Op haar gezicht het kleinste beetje mascara, rode lippenstift en niets meer. Het donkerzwarte haar achter haar linkeroor onthulde een zwarte hartvormige oorbel. Perfect passend bij de knopen van haar jas.

Anna loopt naar de voordeur met een krachtig gevoel van vastberadenheid en doelgerichtheid. Ze wiebelt een beetje op haar sleehakken en we giechelen. Als Anna ons ziet, knipoogt ze en maakt een kruisteken over zichzelf. Ze aarzelt en maakt dan een kruisteken over mijn huis.

We zijn zo afgeleid en in beslag genomen door alles wat Anna heeft gedaan dat we niet merken dat er een man achter haar aanloopt.

Hij is bijna twee meter lang, heeft zwart haar en een zwarte baard. Hij draagt een zwarte overjas, een zwarte pet die zijn ogen afschermt, een zwarte broek en schoenen. Hij zweeft voorbij als een donkere eenzame wolk. We realiseren ons dat de bukken te maken hebben met wat hij op zijn rug draagt: een kleine zwarte hutkoffer. Hoewel het een klein koffertje is, is het gewicht ervan voldoende om hem voorover te laten buigen.

Anna slaat op de deurklopper en we haasten ons naar hen toe.

***

Anna komt aangesneld als de wind en de donkere wolk waait niet ver achter haar aan. Ze steekt eerst haar hand naar mij uit en pakt dan mijn andere hand. Ze kijkt in mijn ogen en ik in de hare - die een vreemde tint groen hadden met kleine rode vlekjes over de pupil.

"Ik ben zo blij je eindelijk te ontmoeten," zegt ze, terwijl ze haar hand uitsteekt en stopt voordat ze de baby aanraakt. Ik knik dat ze dat mag doen en ze legt haar open hand op de baby. Ik verwacht dat hij zal schoppen om haar aanwezigheid te erkennen, maar dat doet hij niet.

"Hij slaapt vast," zeg ik. Om de een of andere vreemde reden geeft het feit dat hij zich niet voorstelt met een schop me het gevoel dat we onbeleefd zijn.

Anna gooit haar jas naar achteren. Ze draait zich om naar Moni en zegt hallo. Ze stelt ons voor aan haar man die op de achtergrond staat en zijn rug strekt. Zijn naam is Ballard.

Ik loop naar hem toe en we schudden elkaar de hand. Hij heeft hulp nodig om de kist van zijn rug te krijgen, dus ik help hem. Daarna staat hij rechtop. Hij is toch niet zo klein. Hij is klein voor een man en Anna in haar sleehakken torent boven hem uit.

"Laten we ons bezighouden met de saaie details," stelt Ballard voor.

"Ja," zegt Anna.

"Ze bedoelt het geld," fluistert Moni.

Ik pak mijn handtas van het bijzettafeltje. Daarin zit het volledige bedrag, dat ik aan Anna geef, die het aan Ballard geeft.

"Dank je," zegt Anna.

Ballard haalt het geld eruit en bladert door de tas. Hij is er zeker van dat het volledige bedrag er is en stopt het in zijn jaszak.

Anna zegt: "Ik wil nu graag de kamer zien."

Met z'n drieën, Moni, Anna en ik (of vier als ik de baby meetel) lopen we naar de kinderkamer. Ik kijk achterom en zie Ballard in zijn zak naar een sleutel vissen die hij in het slot steekt en de koffer opent.

Ik ben nieuwsgierig naar de sleutel, maar nog nieuwsgieriger naar de inhoud. Ballard gaat verder. Ik richt mijn aandacht weer op deze zaak.

"Te zijner tijd," zegt Anna terwijl ze ons verder brengt. Ze ziet me nieuwsgierig naar Ballard kijken. Ze lijkt niets te missen.

Voordat we de kinderkamer bereiken, stopt Anna plotseling. Ik loop bijna tegen haar aan omdat ik nu achteraan loop met Moni voorop.

Anna's ademhaling verandert. Ze hijgt en haar wangen worden erg rood. Ze grijpt met gebalde vuisten de muur aan haar rechterkant en de andere muur aan haar linkerkant en staat daar stokstijf. Haar vuisten barsten open als bloeiende rozen. Ze legt haar handen plat en open op het oppervlak van de muren aan weerszijden van haar.

Haar hoofd vliegt naar achteren en haar ogen gaan wijd open, kijkend naar het plafond. Haar hele lichaam begint te schudden en te stuiptrekken alsof ze een epileptische aanval heeft.

***

Dan pompt er iets door haar lichaam. Wat het ook is, ik zie het zich een weg door haar banen. Ik kijk naar Moni, wiens ogen bijna uit haar schedel springen. Ik reik over Anna's schouder en neem Moni's hand in de mijne. We staan stil, niet wetend wat we moeten doen. Anna blijft trillen en draaien.

Ballard is er dan en legt iets tegen Anna's voorhoofd. Het is zilver.

Ik zie het knipperen in het licht, maar ik kan niet zien wat het is. Eerst een waas, dan een glinstering. Al snel vallen Anna's armen en hoofd naar beneden. Dan is ze weer onder ons.

"Het spijt me mijn liefste," zegt Ballard. "Ik had niet verwacht..." Hij stopt en kijkt naar Moni en mij die nog steeds bij elkaar staan en elkaars hand vasthouden.

"Ik ook niet," zegt Anna terwijl ze diep ademhaalt en het een paar keer loslaat om zichzelf te kalmeren. "Dat was een krachtig iets of iemand. Mag ik een glas port voor we verder gaan?"

Ik begin te zeggen dat ik geen port in huis heb. Ballard, die voorbereid is gekomen, haalt een fles uit zijn jas. Hij draait de dop open en overhandigt hem aan Anna.

Haar handen trillen als ze een slok probeert te nemen. Ballard helpt.

Anna veegt haar mond af met haar hand. Ik zie haar vingers nog trillen als ze de flacon teruggeeft. Ballard biedt mij een slok aan. Ik weiger vanwege de baby. Moni weigert ook, maar bedankt Ballard voor het aanbod.

Anna verbreekt de stilte. "En nu gaan we verder."

***

Voordat we de deur van de kinderkamer bereiken, slaat hij dicht. De kracht is zo groot dat ik denk dat de scharnieren breken. Ik duw me langs de entourage en gebruik de omvang van mijn kind om een weg vrij te maken.

Als ik bij de deur ben, reik ik in mijn zak naar de sleutel. Eenmaal ontgrendeld, probeer ik de klink om te draaien. Ik zeg poging om twee redenen.

Eén, hij geeft geen krimp en twee, hij is gloeiend heet, zo heet dat ik het uitschreeuw als mijn huid erin smelt. Het is alsof het metalen handvat zich aan me vasthecht en mijn huid sist en ruikt alsof ik gebarbecued word.

Mijn schroeiende vlees ruikt bijna naar bacon terwijl ik blijf proberen om mezelf los te maken van het handvat. De volgende seconden voelen alsof de tijd stilstaat en ik richt mijn gedachten op het handvat zelf in plaats van op de pijn. In één beweging maak ik mezelf los. Het handvat beweegt. Even denk ik dat hij gaat draaien en opengaan, maar dat gebeurt niet.

Ik kijk naar links waar Moni staat, starend, zich afvragend wat ze moet doen, maar niets doend. Ik kijk naar Ballard die naar Anna kijkt die haar ogen dicht heeft en woorden mompelt.

Ik kijk en luister naar haar gemompel en realiseer me dat ze een bezwering of spreuk uitspreekt. Tenminste, daar leek het op, gebaseerd op de fictieve televisieprogramma's die ik had gezien met heksen erin.

Doen helderzienden bezweringen of spreuken? Ik wist het niet zeker, maar wat ze ook van plan was, ik hoopte dat het zou werken.

Terwijl die gedachte door mijn hoofd schoot, steeg de hitte van de deurklink van een negen naar een tien en schreeuwde ik het uit van de pijn. Ballard stormt op me af met het flesje brandewijn in zijn hand en spuit de inhoud over mijn hand. Het rookt en spuugt en ruikt naar een afgeleefde kerstpudding.

Het werkt en mijn hand komt los van de klink. Ballard leidt me weg van de deur. Ik sta stil terwijl Moni Ballard de EHBO-doos overhandigt die ze uit de badkamer heeft gehaald. Hij wikkelt mijn hand in gaasjes nadat hij er wat brandwondenverlichtende vloeistof op heeft gespoten. Het koelt de temperatuur van mijn huid. Als hij het gaas eromheen doet, is de pijn minimaal.

Als we terugkeren naar de gang, is Anna nergens, maar de deur naar de kinderkamer staat wijd open.

Deze keer loopt Ballard voorop en Moni en ik volgen niet ver daarachter. Ballard houdt zijn rechterarm voor zich uit alsof hij anticipeert op de komst van het ongeziene en onbekende. Als hij een kruis in zijn hand had, zou dat niet misstaan. Ik heb veel te veel televisie gekeken voor mijn eigen bestwil.

Eenmaal in de kinderkamer fluistert Ballard: "Anna." Hij staat in de deuropening, zodat Moni en ik niet naar binnen kunnen.

Geen antwoord.

Ballard stapt helemaal naar binnen, nog steeds roepend om Anna, en wij gaan achter hem aan naar binnen.

Het raam staat wijd open, net als op de dag dat ik de spiegel binnenkwam. Er waait echter een hevige bries. De gordijnen worden naar voren geblazen. Ze rimpelen en zweven als een spook boven de vloer.

De vliegende gordijnen leiden mijn ogen in de richting van de spiegel. Moni en Ballard doen hetzelfde, maar deze keer staan ze achter me terwijl ik naar de spiegel loop. De deken die ooit over de spiegel was gedrapeerd, ligt nu verfrommeld op de vloer.

"Anna!" roep ik.

Ballard schreeuwt de naam van zijn vrouw.

Hoewel ik hem niet ken, bezorgen de toonhoogte en de toon in zijn stem me kippenvel langs mijn onderarmen. Ik draai me om en kijk hem aan. Ik vond het absurd dat hij zo geschrokken was. Ballard is in alle opzichten haar partner. Samen richten ze hun leven op het helpen van mensen om contact te maken met hun dierbaren aan de andere kant. Ze zijn professionals.

Ik loop naar de spiegel. Met één grote stap loop ik er met mijn hele lichaam tegenaan.

Het laatste wat ik hoor is Moni die mijn naam schreeuwt.

***

Aan de andere kant is totale duisternis.

Dit is anders dan eerst. Eng.

Ik doe twee stappen naar voren. Er kraakt iets onder mijn voeten. Ik ga een beetje opzij, in de hoop dat wat het ook was er niet zal zijn, maar dat is het wel. Ik ga vooruit, stap op iets groters af, struikel een beetje en sta dan stil.

Te bang om te bewegen, realiseer ik me dat deze plek precies was zoals ik verwachtte dat de binnenkant van een spiegel eruit zou zien. Wat ik niet had verwacht is de geur. Het is bedompt als rottende herfstbladeren en koud. Ik sla mijn armen om mezelf heen.

Ik beweeg me niet, in de hoop dat mijn ogen zich aanpassen en gewend raken aan de duisternis.

Seconden gaan voorbij. Toch zet ik geen stap in welke richting dan ook. Af en toe voel ik mezelf schommelen. Stilstaan met zo'n dikke buik is geen gemakkelijke opgave. Ik heb het gevoel dat ik zou kunnen omvallen. Ik streel mijn babybuil en probeer kalm te blijven.

Waar zijn de bossen, het strand en de bergen? Waar zijn de zon en de herfstbries? Hier staat de bevroren lucht stil.

Ik vraag me af of dit een andere dimensie is.

Waarom voelt deze plek zo onbekend terwijl de andere huiselijk leek? Ik was een dwaas om hier binnen te gaan zonder te weten dat Anna hier is.

Ik hoor gekraak en dan Anna's stem. "Cath?"

Mijn lichaam trilt als ik antwoord.

"Cath," zegt ze, "je moet hier weg."

Ik streel mijn babybuil in een poging normaal te doen.

"Weet je hoeveel stappen je hebt gezet nadat je binnenkwam?" vraagt Anna.

Ik vertel haar dat ik niet veel stappen heb gezet, maar dat ik ze ook niet had geteld.

Ze vraagt of ik in staat zou zijn om te draaien, als ik wist in welke richting ik was gekomen, en ik zeg dat ik denk van wel.

"Draai je om en ga in de richting van buiten," instrueert Anna. "Ik volg de geluiden van je voetstappen. Het geluid zal me leiden en we zullen samen buiten komen."

Ik denk aan Darryl toen we elkaar voor het eerst ontmoetten. Met deze vrolijke gedachten op de voorgrond dringt een herinnering zich aan me op. Het ging over iets dat ik had gelezen of gezien. Over demonen in het donker die de stemmen aannemen van mensen die we kennen, soms zelfs van mensen van wie we houden. Daarin doen de demonen zich voor als wie ze niet zijn.

Ik breng mijn gedachten tot rust en duw die gedachten weg, terwijl ik aan Darryl en de baby denk. Ik draai me om en strek mijn armen uit om de weg te voelen. Het kraken maakt me paniekerig, maar ik wist dat ik niet te ver was gegaan. Ik loop als een blinde zombie vooruit en voel niets.

Ik doe nog twee stappen naar links, nog steeds in dezelfde richting als eerst, en strek mijn armen weer voor me uit. Nog steeds nergens contact mee. Nog twee stappen.

Daar is het. Ik voel het en stap naar voren. Ballard en Moni trekken me de rest van de weg mee.

Anna grijpt de staart van mijn shirt en komt er ook doorheen.

We zijn veilig.

We zijn terug.

***

Ik huil terwijl Moni me door de kamer helpt. Ik zit in de glijstoel alsof ik het gewicht van de wereld op mijn schouders draag. Ik streel mijn babybuil en neurie Frere Jacques om mijn hart en geest tot rust te brengen. Mijn zoontje reageert niet met een schop, maar hij is er niet slechter aan toe.

Moni brengt een kop hete thee. Mijn handen trillen te erg om het vast te houden. Ze brengt het naar mijn lippen en ik neem een slok.

In de hoek, buiten gehoorsafstand, fluistert Anna tegen Ballard terwijl ze een slok neemt van de veldfles. Ze trilt en Ballard staart af en toe in mijn richting en dan weer naar zijn vrouw. Ik had haar gered, teruggebracht. Ik vraag me af waar ze het over hebben, maar ik ben te moe om hun gesprek te volgen.

"Hoe lang?" vraag ik Moni.

"Acht uur."

"Het kan geen acht uur geweest zijn!"

"Het is donker buiten. Zie je?" Ze trekt de gordijnen naar achteren en laat buiten duisternis zien in plaats van daglicht.

Ze leunt naar binnen en vraagt: "Hoe was het met Darryl?"

Mijn zoon geeft me zo'n grote schop dat het me de adem beneemt. Ik streel zijn voet door mijn huid. "Rustig maar, zoon."

Moni wacht tot de baby tot rust is gekomen voordat ze vraagt: "Als Darryl er niet was, waarom was je dan zo lang weg?"

"Ik weet het niet," zeg ik, terwijl ik in de richting van Anna kijk en hoop dat zij misschien wat antwoorden kan geven.

Zij is tenslotte de enige expert in de kamer.

Anna neemt nog een slok van haar fles. Zodra ze ziet dat ik naar haar staar, strompelt ze door de kamer. "Gaat het?"

Anna staat links van me, Moni voor me en Ballard rechts van me, alsof ik het middelpunt van een halve cirkel ben. Ik ril. Moni gooit een deken over mijn schouders.

Anna zegt: "De spiegel heeft vele gezichten. Die," ze wijst ernaar, "zou vernietigd moeten worden."

"Maar waarom?" vraag ik met klappertanden. "Hij is al tientallen jaren in mijn familie en hij heeft Darryl bij me gebracht."

"Ik stel voor dat je het wegstuurt als je het niet kunt vernietigen. Het zal je weer roepen en je verleiden om naar binnen te gaan als het in je huis is. De volgende keer heb je misschien niet zoveel geluk. De volgende keer zit je daar misschien voor altijd vast."

"Luister naar mijn vrouw," zegt Ballard. "Ze weet waar ze het over heeft en ze wil alleen voorkomen dat jou en je kind iets overkomt."

"Het had ons kwaad kunnen doen, maar dat is niet gebeurd," zeg ik. "Het was donker en bedompt, maar ik ben op ergere plekken geweest, veel ergere plekken."

Anna aarzelt, loopt een stukje en zegt dan: "Het krakende geluid. Wat dacht je dat het was?"

Ballard stapt naar zijn vrouw toe en fluistert in haar oor. Ze draaien zich weer naar mij toe.

"Bladeren," antwoord ik. "Dode bladeren."

Anna's ogen lichten op terwijl ze naar haar man kijkt. "Het was het geluid van brekende botten. De botten van anderen die nooit meer terugkwamen."

Ik hijg en probeer niet te schreeuwen. Ik denk na over het geluid dat ik had gehoord en vraag me af of ze het verzint om me bang te maken. Als ik op botten was gestapt, hoe zou dat dan hebben geklonken? Voelen onder mijn voeten? Ze zouden precies zo klinken als die in de spiegel.

"Laten we hier weggaan," zegt Anna. "We hebben gedaan wat we konden. We kunnen hier niet meer zijn. Let op mijn woorden, als je dat ding niet vernietigt, dan is het op jouw hoofd."

Terwijl ze van me weglopen, roep ik: "Waarom heb je niet op me gewacht? Waarom ging je de spiegel binnen zonder mij? Daarvoor was Darryl, mijn man, er. Alles was veilig en goed. Waarom heb je niet gewacht?" Ik sta op en volg hen, verwachtend op een antwoord, een uitleg.

Anna loopt door.

Ballard stopt, overweegt iets te zeggen. Hij bedenkt zich. "Kom, mijn liefste. Deze vrouw waardeert je opoffering of advies niet."

"Haar offer? Ik ging naar binnen en bracht haar naar buiten! Ik heb haar gered."

"Rustig," zegt Moni. "Het is niet goed voor de baby."

"Ga mijn huis uit," roep ik.

Nadat Ballard de koffer op zijn rug heeft vastgemaakt, verlaten hij en zijn vrouw mijn huis.

Ik sta daar met gebalde vuisten terwijl het water langs mijn benen druppelt. Ik word duizelig en val op de grond.

***

Het is toch geen water. Het is bloed.

Daar kwam ik pas achter toen de ambulance gillend mijn oprit op kwam rijden en het ambulancepersoneel me onderzocht. Mijn vitale functies zijn in orde, maar ze staan erop dat we naar het ziekenhuis gaan.

Rustend, vastgebonden aan machines en monitoren, voel ik me dankbaar dat het goed gaat met mijn zoon en mij. Niets meer en niets minder.

Moni belde mijn moeder die er snel was. Ze zat bij me, hield mijn hand vast en zei dat alles goed zou komen. Nu ligt ze diep in slaap in een stoel.

Als ik naar haar kijk terwijl ze slaapt, besef ik dat moeders goddelijk zijn. We vertrouwen op hen voor alles vanaf het moment van onze conceptie. Als ze ons uitleggen dat alles goed komt, geloven we ze nog steeds, ook al weten we dat ze het niet kunnen weten. Als ze ons zouden vertellen dat de lucht oranje is, zouden we ze moeten geloven. Waarom zouden ze tegen ons liegen? Onze moeders zijn verpleegsters, dokters, raadgevers, leraren, filosofen en onze vrienden. Moeders hebben zoveel petten op.

Ik voel aan mijn babybump en denk aan mijn eigen potentieel om de rol van moeder en enige ouder voor mijn zoon te vervullen. Ik hoop dat ik de kracht en moed van mijn moeder kan evenaren. Als ik tachtig procent kan bereiken van wat zij voor mij is geweest, dan zal ik in de wolken zijn.

Ik denk na over wat de dokter me heeft verteld. De bloeding was niet ernstig. Een tijdelijke aandoening en het was gestopt. De baby maakt het goed en heeft een sterke hartslag. Toch is de uitgerekende datum niet ver weg meer en ze willen dat we hier zijn.

Ik dwaal af, denk aan Anna, teleurgesteld. Er was zo'n aanloop geweest naar haar komst en haar aanbod om te helpen. Ik had Moni gevraagd contact met haar op te nemen om te zien of ze wat gaten kon opvullen. Ik wilde weten wat er met haar gebeurd was voordat ik de spiegel binnenging. Wat wist ze? Wat had ze gezien?

Ik wilde ook weten waarom ze in de spiegel was gesprongen voordat iemand van ons in de kamer was.

Tranen lopen over mijn wangen in een stille huilbui. Ik mis Darryl zo. Het leven zou er heel anders uitzien als hij hier was. Het leven is te kort, te kostbaar om ook maar één moment te verspillen.

Ik val terug tegen het kussen en sluit mijn ogen.

***

Mijn voeten komen van de grond. Ik vlieg met mijn monarchvlindervleugels de open lucht in. Ik stijg hoger en hoger de lucht in terwijl vliegtuigen me passeren. Passagiers zwaaien uit hun ramen. Vogels stoppen. Eentje zit op mijn schouder. Hij opent en sluit zijn snavel in gezang alsof hij een gesprek met me probeert te voeren. Hij vliegt weg, blij dat hij een poging heeft gedaan om met zijn medehemelbewoner te communiceren.

Onder me volgt een klein, gevleugeld persoontje. Ik streel mijn babybuil, maar merk dat hij er niet meer is. De gevleugelde persoon beneden is mijn kind. Zijn vleugels zijn blauw en zwart. Hij leert vliegen. Worstelend baant hij zich een weg naar me toe.

"Moeder," roept hij.

Ik zweef op mijn plaats en wacht tot hij me inhaalt.

"Moeder," roept hij weer.

Ik duw mezelf naar beneden tot we naast elkaar staan. Ik pak zijn hand.

Samen staan we op.

Ik gooi mijn hoofd naar achteren, terwijl ik zijn hand nog steeds in de mijne houd, en de lucht verandert in een fractie van een seconde van dag in nacht. De lucht verandert van warm naar koud en de wind steekt op en duwt ons weg.

Mijn zoon en ik klampen ons aan elkaar vast, onze vleugels synchroon slaand. Machteloos.

De donder komt aanrollen. Bliksemschichten schieten door de lucht achter ons, onder ons, steeds dichterbij.

Een voltreffer op mijn vleugels. Een vonk ontbrandt op de zijne.

We storten neer waar we vandaan kwamen.

***

Ik word gillend wakker. Tot zover het niet wakker worden van mama.

De droom was zo echt, zo levendig. De monitoren flitsten en piepten. Het ziekenhuispersoneel kwam aanrennen en nam de controle over.

"Het was maar een droom," zeg ik om ze gerust te stellen. Toch blijven ze rondrennen.

Ik veeg de slaap uit mijn ogen.

Er is iets mis met mama. Ze zijn niet voor mij gekomen.

Ze leggen haar op een ziekenhuisbed en rollen haar de kamer uit. De wielen piepen haar van me weg.

"Wat gebeurt er?" roep ik. Ik probeer op te staan, om met haar mee te gaan, om bij haar te zijn. Ik moet de entourage inhalen.

Maar ik ben vastgebonden. Ik probeer mezelf te bevrijden. Niet snel genoeg.

Een verpleegster steekt een naald in mijn arm.

Het laatste wat ik me herinner is dat ik tegen haar vloekte.

***

Moni staat naast me als ik wakker word. Het was overdag toen ik in slaap viel. Nu is het donker. Alles door het raam ziet er inktzwart en zonder sterren uit.

Terwijl ik de puzzelstukjes in elkaar probeer te passen, schopt mijn zoon me keihard. Het is alsof hij me eraan herinnert dat ik hem op de eerste plaats moet zetten, alsof ik dat nodig heb. Eerst was er die enge droom. Toen zat mama in de problemen, was ze ziek of zo.

Ik keer terug naar de realiteit.

Moni geeft me een glas water. Zij en ik zijn al zo lang bevriend dat het soms voelt alsof we een telepathische verbinding hebben. Moni is de beste vriendin ter wereld. Ik weet niet wat ik zonder haar zou moeten.

"Dank je," zeg ik terwijl ik een slok neem en voel hoe het koele water zich een weg baant naar mijn zeer lege maag. Geen wonder dat mijn baby als een gek aan het schoppen is. Ik moet bijtanken, want ik heb vandaag niets gegeten. Niet dat ziekenhuiseten iets is om over naar huis te schrijven. Ik vraag Moni of ze het erg vindt om stiekem iets fastfood-achtigs voor me te halen als traktatie.

Als haar gebruikelijke, logische zelf, stelt Moni voor dat ik de verpleegster bel. Om te vragen of ze iets voor me kunnen doen, zodat ik het dieet voor mezelf en de baby niet verstoor. Het klinkt als een goed advies, hoewel ik een moord zou hebben gedaan voor een cheeseburger, frietjes en een shake.

De verpleegster is behulpzaam en zegt dat ze zo snel mogelijk iets speciaal voor mij zou brengen. In ziekenhuistaal, wat betekende zodra ik de top van de pikorde had bereikt. Wie het eerst binnen is, het eerst maalt.

Ik wrijf met één hand over mijn babybump en neem nog een slokje water om de honger te stillen.

"We moeten praten," zegt Moni.

"Ik luister."

"Ten eerste gaat het goed met je moeder. Ze heeft een beroerte gehad, maar voor zover ik begrijp was het geen grote.

Ik weet geen specifieke details omdat ik geen familie ben, maar ik heb de indruk dat ze volledig zal herstellen."

Ik haal opgelucht adem en herinner Moni eraan dat ze is als de zus die ik nooit heb gehad.

"Ik heb een zus," zegt Moni, "maar jij bent mijn favoriete zus."

"Ik hou van je," zeg ik.

"Hou ook van jou."

We zijn even stil en dan zegt ze: "Ik heb Anna voor je gesproken. Het bezoek aan je huis en aan de spiegel heeft ze helemaal gek gemaakt. Die twee zijn geen beginnelingen. Zij, ik bedoel Anna, heeft zich nog nooit zo dicht bij het pure kwaad gevoeld als toen ze in jouw spiegel zat."

Ik herinner me het gevoel van gelukzaligheid toen ik bij Darryl was. Het gevoel van zijn aanraking. Zijn band met zijn zoon. Wat ze zei leek belachelijk en ik zeg het.

"Wat bedoel je?"

"Ten eerste was ik er ook. Ja, het was erg donker. Het was er bedompt en het stonk er zelfs een beetje, maar ik voelde geen kwaad in de lucht. Als het kwaad in die duisternis op de loer lag, dan had het ons op elk moment kunnen pakken. We waren aan het kwaad overgeleverd. Waarom deed het dan niets?"

"Ze zegt dat de duivel alleen de zielen van de beschadigden wil. Degenen die kwaad hebben gepleegd of slechte daden hebben verricht. De enige uitzonderingen zijn degenen die gewillig naar hem toekomen en zuiver van hart zijn."

"En Anna, waar past zij in dat scenario? vraag ik.

"Anna zei dat als jij en de baby er niet waren geweest, het ding haar had meegenomen. Ze zegt dat het haar influisterde dat ze verdwaald was, dat ze van hem was voordat jij de spiegel binnenging. Toen je dat deed, straalde er een licht uit de baby. Het was geen fel licht. Het was zwak, maar het was genoeg voor haar om te weten dat jij er was. Dat licht leidde haar naar jou en op het laatste moment greep ze je vast en trok je haar eruit. Zonder de baby, zonder jou, zou ze verloren zijn geweest, zou haar ziel daar eeuwig hebben vastgezeten."

Zonder erbij na te denken streel ik het voetje van de baby. Hij draait zich in me om.

Ik kijk op als een vreemdeling met een klembord de kamer binnenkomt. Hij draagt een frons zo groot als de Grand Canyon, maar is op de een of andere manier blozend en bleek tegelijk.

"Bent u Cath?" vraagt hij.

***

Hij draagt geen witte jas en is geen familie of vriend.

Ik knik en bevestig dat ik mezelf ben.

Als antwoord roept hij: "Breng maar binnen."

Twee bezorgers brengen een groot, bedekt voorwerp.

Voordat ze het onthullen, weet ik al wat het is. De spiegel.

"Wat doet dat hier? Ik heb je niet gevraagd het te brengen."

"Hier tekenen." De man geeft Moni een pen. Eerst weigert ze botweg te tekenen, maar de man verheft zijn stem. Hij dreigt met ophef, dus tekent ze, maar pas nadat ik het haar zeg.

"We zoeken wel uit wat we ermee doen als die twee sukkels weg zijn."

Moni grijnst en ik ook.

De bezorgers trekken zich terug.

"Wat nu?" vraagt Moni terwijl ze zo ver mogelijk van de spiegel vandaan gaat staan zonder de deur uit te gaan.

Ik voel me veilig op het bed, in de dekens gewikkeld. Vanaf hier kan ik mijn best doen om de olifant in de kamer te negeren. Wat deed die hier in hemelsnaam en wie heeft hem gestuurd?

***

Moni's telefoon gaat, waardoor we allebei opspringen. Ze is druk bezig de spiegel bij het raam opzij te schuiven.

"Ik ben zo terug," zegt ze.

Onderweg om me te begroeten, ziet een nieuwe begeleider de spiegel en haalt hem tevoorschijn. "Wat een prachtige spiegel," zegt hij. "Vooral de lijst en het hout zijn prachtig." Hij strijkt met zijn vingers over de gegraveerde, samengevoegde handen en zegt: "Japans, nietwaar?"

"Ik weet het niet, maar hij is al tientallen jaren in mijn familie."

De begeleider zet de spiegel zo neer dat hij zichtbaar is in mijn gezichtsveld. Een deel is naar mij gericht en een deel naar het raam.

Hij kijkt naar de achterkant. "Ik heb zoiets eerder gezien. Als je het ooit wilt verkopen, bel dan hierheen en vraag naar mij of laat een bericht achter.

Mijn naam is Daniel Chung." Hij geeft me zijn kaartje.

"Uh, dank u," zeg ik als Moni terugkomt in de kamer.

"Is alles in orde?" vraagt ze, terwijl ze naar de spiegel kijkt en ziet dat de verzorger eraan zit te frunniken.

"Ja," antwoord ik, "Daniel vertelde me dat hij dacht dat de spiegel Japans was. Hij zei dat hij zoiets eerder had gezien. Oh, en hij zou het wel willen kopen. Tenminste, als ik er ooit afstand van zou willen doen."

Moni verbleekt.

Daniel controleert mijn pols. Hij bevestigt dat alles in orde is en vraagt of ik iets nodig heb.

"Wat een vreemde vent," zegt Moni.

Mijn vliezen breken.

***

De dingen gebeuren te snel. De monitoren worden gek. De weeën beginnen. Ik heb ontsluiting en ben klaar om te persen. De hartslag van de baby daalt, net als zijn bloeddruk. Ze rijden me de operatiekamer in en bereiden me voor op een spoedkeizersnede. Ik wou zo graag dat Darryl hier bij me was.

Het is allemaal hands-on. Ze drogeren me en gaan naar binnen om mijn zoon te redden.

Ik ben buiten bewustzijn, kan niets zien of voelen. Ik kijk naar het ziekenhuispersoneel dat rondloopt. Ik luister naar de machines. Ik hoop en bid dat het goed komt met mijn zoon.

Ze tillen hem op, zodat ik hem kan zien.

Hij huilt niet.

Hij is blauw.

Ik schreeuw.

Iemand steekt een naald in mijn arm.

Ik slaap in de wetenschap dat mijn zoon dood is.

***

Ik word wakker en herinner het me.

"Wil je hem vasthouden?" vraagt een verpleegster.

Ik knik.

Ze verlaat de kamer.

Ik stap uit bed.

Mijn zoon komt aan in een glazen kast, gewikkeld in een groene deken. Hij draagt een bijpassende gebreide muts.

Ze geeft hem aan me. Tranen rollen over mijn wangen als ik zijn koele voorhoofd kus en ons aan de andere kant van de kamer in de spiegel weerspiegeld zie.

Ik loop ernaartoe.

Ik ben nog steeds een moeder. Ik houd mijn zoon vast.

Ik kus elk van zijn oogleden.

De grond onder mijn voeten begint te schudden, terwijl de zon licht in de kamer, in de spiegel en in mijn zoon schreeuwt.

Zijn oogleden springen open. Hij ziet me. Kent me.

Dan is hij weg.

Ik struikel, met de lichtheid van niets in mijn armen.

Daar in de spiegel houdt Darryl onze zoon vast.

"Ik hou van je," zegt Darryl terwijl hij zijn voorhoofd kust.

"Ik hou ook van jou," zeg ik terwijl onze zoon begint te huilen.

De spiegel begint eerst langzaam te draaien, maar neemt dan in snelheid toe. Hij hobbelt en knarst, draait alsof hij gaat wegvliegen.

Ik ben gehypnotiseerd en kan niet wegkijken.

Darryl's hand steekt uit de spiegel en ik pak hem.

En we zijn voor altijd samen Darryl, onze baby en ik.

DOODSWENS

Het was moeilijk voor hem om aan iets anders te denken.

Hij leefde in de perfecte tijd. Een tijd waarin hij alles online kon vinden.

Video's en foto's. Alles wat hij maar wilde weten. Zelfs dingen die hem doodsbang maakten! En hij kon het op zijn werk doen of thuis.

Hij hoefde alleen maar meerdere tabbladen open te houden en als het nodig was, heen en weer te schakelen. Het was alsof hij een spion was, die een kat-en-muisspel speelde waarvan alleen hij wist dat het gespeeld werd.

Hij besteedde elk wakker uur - of zoveel als hij kon - aan onderzoek. Puzzelstukjes ordenen en herschikken. Voorbereiding was de sleutel. Alles op een rijtje zetten tot hij er klaar voor was. Dan zou het gemakkelijk zijn en met alle feiten op tafel zou hij de kans op mislukking uitsluiten.

"Falen is geen optie," zei hij tegen zichzelf, zich afvragend wie dat als eerste had gezegd. Nieuwsgierig geworden, googelde hij het. Hij vond een boek met dezelfde naam dat werd toegeschreven aan Gene Kranz, Flight Director van NASA's Mission Control.

Het probleem met onderzoek doen op het internet - afleidingen. Zo makkelijk om van het pad af te raken. In een donker gat. Als hij niet oplette, zou de tijd voorbij vliegen en zou hij binnenkort veel te oud zijn om het nog te doen.

En dan waren er nog de onderbrekingen. Het leven had zijn onderbrekingen, zowel goede als slechte. Je moest het onder ogen zien - je kon door het leven gaan met dingen die je leuk vond of dingen die je haatte, maar hoe dan ook, de tijd ging aan je voorbij en er was niets wat je kon doen om het te beheersen.

Het enige wat je kon doen was de deur dichtdoen en hopen en de wereld wegwensen. Soms was dat geen fijn gevoel voor de mensen in je leven van wie je hield, zoals je vrouw. Of je hond.

Soms had hij het gevoel dat hij moest vallen om alles aan zijn vrouw op te biechten. Om zich aan haar voeten te werpen. Maar dan bedacht hij zich hoe hij zich zou voelen als zijn geheim niet alleen zijn geheim was. Hoe hij vragen zou moeten beantwoorden en hoe zijn beslissingen bespreekbaar zouden zijn. Elk klein stukje van hem zou uit elkaar getrokken worden als een kerstkoekje.

Nee, besloot hij. Geheimhouding was de enige manier. Bovendien zou ze zich zorgen maken. En ze zou andere mensen erbij kunnen betrekken, zoals zijn ouders of haar ouders of hun vrienden. Dan zou de kat uit de zak zijn.

Hij vroeg zich af waar die uitdrukking vandaan kwam. Hij zocht het op en grinnikte om de discussie online, vooral om de Duitse en Nederlandse 'varken in de zak'-vergelijkingen. Hij scrolde naar beneden, wilde de naam van de auteur ontdekken, maar gaf het op toen zijn vrouw 'he-hemmed' achter hem stond. Hij schakelde het scherm over naar iets neutraals.

"Nog een paar minuten," zei hij.

Ze sloot de deur achter zich.

Telkens als ze haar hoofd binnen de deur stak... Zelfs nadat ze weg was... Hij voelde zich weer zeven jaar oud en betrapt met zijn hand in de koekjestrommel.

Verdomd katholicisme, dacht hij.

Hij voelde zich schuldig over alles.

Het was niet alsof hij aan het rukken was of zo.

Hij was aan het werk.

Meestal aan het werk.

Toegegeven, hij werd niet betaald, maar het was nog steeds werk. Het had een doel. Hij zocht het woord "werk" op. Eén definitie was 'een vorm van marteling'.

Hij lachte.

Hij probeerde zich te concentreren, maar dat lukte niet omdat hij zich zo verdomd schuldig voelde. Alsof zijn vrouw constant op hem zat te vitten. Hem berispte - wat ze niet deed. Zijn gedachten riepen: "Doe ik er niet toe?" Hij bedekte zijn oren en kromp ineen. Alleen al de gedachte dat ze hem veroordeelde, haar woorden die door hem heen sneden als boter, deed hem op zijn duim bijten...

"Bijt u op ons in uw duim, meneer?" vroeg hij aan de lege kamer.

"Heb je iets gezegd?" vroeg zijn vrouw door de gesloten deur.

"Nee," zei hij. En toen onder zijn adem: "Ik bijt niet op mijn duim naar jullie."

Dit waren de enige regels uit Shakespeare die hij zich herinnerde. Net als Shakespeare was hij een beetje een drama queen.

Hij ging weer aan het werk en voelde zich nu schuldig omdat hij tegen Jayne had gelogen.

Het was ook niet zo dat hij naar porno keek of iets dergelijks. Sommige van zijn vrienden hadden hun schuldige online pleziertjes, maar dat was niet zijn ding. Als ze opschepten over hun veroveringen, wilde hij het liefst verdwijnen. Een van zijn getrouwde vrienden had zich aangemeld bij verschillende van die online datingsites. Ze stuurden hem foto's op hun telefoon en hij had ze niet eens persoonlijk ontmoet. En dan waren er nog de online pornoverslaafden. Ze praatten erover, schepten er zelfs over op.

Hij werd er misselijk van. Hij schaamde zich ervoor een man te zijn.

Aan de andere kant waren veel van de vrouwen roze handboeien aan het kopen na het lezen van dat sexy boek op de bestsellerlijst. Zijn vrouw probeerde het ook te lezen, maar als lerares Engels kwam ze niet verder dan het slechte schrijfwerk.

De vrienden van zijn vrouw bleven haar maar zeggen dat ze het moest proberen. Ze zeiden dat ze de schrijfstijl moest negeren, maar de leraar in haar stond haar dat niet toe.

Opnieuw liet hij zijn gedachten afdwalen. Hij zocht de titel van het sexy boek op en ontdekte op YouTube een ongepast poppetje dat een paar hoofdstukken voorlas. Hij deed zijn koptelefoon in en luisterde en lachte ondanks zichzelf. Iemand had veel moeite gedaan om dit in elkaar te zetten.

Maar het was niet meer dan een afleiding. Hij moest terug naar zijn taak. Hij haatte zichzelf als hij zich niet kon concentreren en toch was hij zo gemakkelijk afgeleid.

Precies op dat moment blafte zijn hond Buddy en keek hij op zijn horloge. Buddy was al bijna dertig minuten buiten.

Hij voelde zich schuldig, sprong op en deed een paar stappen in de richting van de deur zonder het scherm te veranderen. Buddy blafte opnieuw en hij keerde terug om zijn laptop te sluiten. Better safe than sorry, dacht hij bij zichzelf toen hij de kamer verliet en door de gang liep.

"Too little, too late," zei Jayne op een lachende toon in zijn richting, toen Buddy naar hem toe kwam stuiteren.

"Sorry," zei hij, "ik hoorde hem net pas."

"Geen zorgen," zei ze, "ik was dichterbij." Toen ging ze weer verder met het lezen en nakijken van de werkstukken van haar leerlingen.

Hij en Buddy liepen terug door de gang naar zijn kantoor. "Sorry, Bud," zei hij terwijl de hond op de grond ging zitten en zijn gezicht begon te likken. "Heb je me gemist, Buddy?" vroeg hij herhaaldelijk terwijl Buddy een ja blafte.

"Ik kan maar beter weer aan het werk gaan, Bud," zei hij gelaten.

Hij keerde terug naar zijn kantoor. Hij ging zitten en was vastbesloten zich te concentreren.

Hij leunde dichter tegen het scherm aan, terwijl hij de voor- en nadelen tegen elkaar afwoog. Hij schreef niets op en maakte geen aantekeningen. Als hij dat wel deed, zou iemand ze kunnen vinden en lezen. Dan zou hij alles moeten uitleggen en dat zou geen gesprek zijn waar hij deel van wilde uitmaken, nu niet en nooit niet.

"Wil je een kopje thee?" riep Jayne vanuit de keuken.

"Nee, dank je," zei hij.

Afleiding en nog meer afleiding. Vijf simpele woorden als 'Wil je een kopje thee' konden zijn hersenen in een spiraal sturen. Hij begon na te denken over dit en dat en hoe alles met elkaar verbonden was. Voor hij het wist, was hij een kleine jongen, schommelend op de schommels in de achtertuin van zijn ouders. Dan zag hij zichzelf schommelen aan een boom in het park. Hij zou te uitgeput zijn om onderzoek te doen. Niet lichamelijk uitgeput, begrijp je, maar geestelijk.

Maar vandaag was vooral zijn dag. Het was zondag en Jayne zou het grootste deel van de dag papieren nakijken en daarna het avondeten voorbereiden. Natuurlijk verwachtte ze dat hij op een gegeven moment uit zijn 'grot' zou komen. Zo noemde ze zijn kantoor. Een directe verwijzing naar dat boek dat ze bij

Oprah had gezien. Zijn vrouw had hem een exemplaar cadeau gedaan, in de hoop dat het hem uit zijn grot zou halen. Hij kon zich de aanleiding niet herinneren, maar van wat hij had geprobeerd te lezen, leek het onzin.

Jayne klopte weer aan.

Hij had net genoeg tijd om de pagina weer naar zijn bedrijfssite te klikken voordat ze haar armen om zijn nek sloeg en hem op zijn hoofd kuste.

Onwillekeurig boog hij zijn schouders op. Hij verborg zijn werk en stelde zich voor dat ze geïnteresseerd was in wat hij op het scherm had.

Ze was geïnteresseerd geweest, want ze gaf commentaar op Facebook dat in een ander venster openstond. Hij voelde zich zo'n sukkel die op een zondagmiddag tijd verspilde door op Facebook te kijken. Of anders gezegd, hij voelde zich een sukkel omdat Jayne dacht dat hij op een zondagmiddag liever zijn tijd besteedde aan het bekijken van Facebook - in plaats van tijd met haar door te brengen. Dat was helemaal niet het geval en hij wilde dat ze gerustgesteld werd.

Maar tegelijkertijd dacht hij dat wat ze op dit moment ook dacht, het misschien een betwistbaar punt was.

Hij scrolde terloops door zijn werkmail en deed alsof hij het heel druk had toen er een statusupdate-venster verscheen. Hij sloot het snel en wenste dat Jayne weg zou gaan.

"Ben je snel klaar om te gaan, liefje?" vroeg Jayne.

"Tuurlijk, geef me vijf minuten," zei hij, en toen ze de deur naderde, "of misschien tien?"

"Oké, tien wordt het, maar je hebt echt wat frisse lucht nodig vandaag. Net als ik. Plus, ik zal Buddy's riem klaar leggen, dan kan hij ook mee."

"Goed idee," zei hij, terwijl hij heel goed wist dat Buddy er meer naar uitkeek dan hijzelf.

***

Het volstaat te zeggen dat hun avontuur buiten de deur niet erg lang duurde. Het leidde naar het winkelcentrum. Drukte. Loontrekkers. Tijdverspillers. De aambeien H-ers van volgende week. Hij glimlachte, maar voelde niet de behoefte om zijn grap met Jayne te delen.

Jayne bood aan om alles weg te zetten, dus hij liet haar haar gang gaan.

Hij wilde en moest zijn hol in en de deur dichtdoen. Eenmaal binnen maakte hij zich als een schildpad met zijn shirt om zijn hoofd. Zo zat hij daar en zocht troost en stilte tot hij weer rustig genoeg was om aan zijn onderzoek te beginnen.

Toen zijn hoofd weer omhoog kwam, hoorde hij Jayne het eten klaarmaken. Ze neuriede mee met de oude radiozender. Hij stelde zich voor hoe Jayne aan het fornuis zat met Buddy erbij, geduldig wachtend op een paar hapjes die zijn kant op zouden komen.

Dat was de Bud-meister voor jou. Hij wachtte altijd en met die doe-ogen die keken, moest je hem wel iets toewerpen. Hij zou die hond zo gaan missen.

Hij kraakte zijn knokkels een paar keer als een professionele pianist. Daarna ging hij met zijn vingers over het toetsenbord. Zoeken op Google. Maar wat er tevoorschijn kwam was totaal anders dan alles wat hij ooit eerder had gezien!

Het stond online. Er waren echte video's van mensen die het deden. Het deden! Toen hij naar de eerste video keek, voelde het bijna alsof hij de persoon in de video was geweest. Zijn hart ging tekeer en zijn polsslag ook. Hij kon niet geloven dat alleen het zien van een video zo'n reactie kon veroorzaken.

Iemand zou hierover moeten klagen, dacht hij en daarna: ik zou hierover moeten klagen. Maar dat was hij niet van plan. Hij bekeek er nog een, en nog een, en nog een. Elke keer had hij het gevoel dat hij zelf de persoon van belang was. Elke keer sprong zijn hart bijna uit zijn borstkas.

Hij zette het uit. Het was te veel. Veel, veel te veel!

Hij bleef in zijn hoofd afspelen wat hij had gezien. Hij kon er niet aan ontsnappen. En hoe meer hij eraan dacht, hoe banger hij werd. Hoe banger hij werd, hoe meer zijn moed afnam, tot hij zich afvroeg of hij er wel mee door kon gaan.

Het zat hem allemaal in de ogen. De paniekerige ogen van de slachtoffers!

Hij overwoog hun gezichtsuitdrukkingen. Hij besloot dat ze er zo uitzagen omdat ze, in tegenstelling tot hem, van tevoren geen onderzoek hadden gedaan.

Hij bedacht dat ze gewoon een besluit hadden genomen en ervoor waren gegaan. Dit idee kon hij niet doorgronden.

Het was veel te riskant en wat als ze van gedachten veranderden?

Wat als hij op het laatste moment van gedachten veranderde?

Hij wilde niet dat hem dat zou overkomen.

Hij was zeker anders dan zij.

Misschien was hij te voorzichtig.

Misschien was hij te saai en te saai om zijn leven te kunnen veranderen - om zijn leven in eigen handen te kunnen nemen. Allemaal omdat hij al zo lang was overgeleverd aan de Corporate tredmolen. Hij en alle andere hamsters. Aan en uit, aan en uit zonder iets om te laten zien.

Hij haatte zijn leven. Ja, hij hield van Jayne en hij hield van Buddy, maar het leven is meer dan werk en bed.

Ja, vrijen was fijn en knuffelen was fijn. Vrienden en familie en al die emotionele mumbo jumbo waren leuk. Maar het leven moest meer te bieden hebben. Het moest gewoon! En hij zou die ring grijpen voor het te laat was.

Want hij wist dat als hij niet snel iets zou doen om zijn bestaan op deze planeet iets te laten betekenen - dan had hij net zo goed niet eens hier kunnen zijn.

Hij sloot zijn laptop, legde zijn hoofd neer en viel in slaap.

***

In zijn droom had hij geen benen. Hij was gewoon een hoofd en romp, zittend aan het bureau, typend. Hij had ook geen speciale stoel. In de droom zat hij op dezelfde stoel als altijd, met rollers op de poten. Als hij typte, zorgde de trilling van zijn vingers die over het toetsenbord bewogen ervoor dat zijn torso verschoof en wiebelde. Omdat de stoel geen armen had, helde zijn bovenlichaam in de richting van de hand waarmee hij typte. Het was vreemd, maar hij was niet bang om opzij te vallen. Hij voelde zich onbevreesd en vreemd genoeg geïnspireerd.

Toen begon er ergens op de achtergrond heel hard een liedje te spelen. Het was Mozart of Beethoven of een van die klassieke componisten. Iets in zijn hoofd deed hem verlangen om op zijn tenen te tikken, maar hij had geen tenen. Hij werd wakker en slaakte een gil.

Jayne en Buddy kwamen aangerend en gooiden de deur open. "Je hebt een Apple afdruk op je wang," zei Jayne toen ze zich realiseerde dat hij in orde was.

"Sorry," zei hij.

"Het eten is bijna klaar," liet ze hem weten.

"Oké," zei hij.

Ze maakte aanstalten om de deur achter zich dicht te trekken, maar hij zei dat hij hem open mocht laten. Ze had een vragende uitdrukking op haar gezicht, maar zei verder niets.

Toen hij zich bij haar in de keuken had gevoegd, ging hij naar de koelkast voor een biertje. Ze aten in een aangename, maar niet spraakzame omgeving. Ze hielden van elkaar, maar soms was liefde niet genoeg.

Niet genoeg toen Jayne erachter kwam dat ze niet het gezin kon krijgen dat ze wilde. Ze had de ene test na de andere ondergaan en alles leek goed te gaan. En toen werd hij getest en viel hun hoop en dromen in duigen. Hij had niet genoeg gezonde zwemmers. Toen was alle hoop op een gezin vervlogen.

In het begin was ze er welwillend over. Het was bijna alsof ze opgelucht was, omdat het probleem bij hem lag in plaats van bij haar, wat prima was, maar het gaf hem op de een of andere manier het gevoel dat hij minder was dan een man. Hij sprak er nooit met haar over. Of met iemand anders.

Na de eerste schok overwogen ze andere opties zoals adoptie, IVF of draagmoeders. Geen van die opties sprak hem aan. In zijn hart voelde hij dat Jayne iemand verdiende die beter was dan hij. Iemand die haar alles kon geven wat ze wilde.

Het was rond die tijd dat hij en Jayne ergens vandaan naar huis reden en ze een dierenasiel zagen. Dakloze honden en katten. Het koppel had nog niet eerder de optie overwogen om een huisdier te adopteren.

"We kunnen een kijkje nemen," stelde Jayne voor.

"Ik denk dat het geen kwaad kan," stemde hij in.

Eenmaal in het asiel, werden ze hard getroffen door het geblaf en gemiauw. Twee kaketoes mengden zich in het gebabbel.

Hij voelde zich claustrofobisch en wilde eruit.

Jayne begon tegen één van de kaketoes te praten en ze leken de toon van haar stem wel te waarderen. Ze keek hem hoopvol aan.

"Ik ben het niet eens met het kooien van vogels," zei hij.

"Hmmm," zei ze terwijl ze naar de katten liep. "Zo veel," merkte Jayne op. "Het zou moeilijk zijn om te kiezen."

"Ik heb liever een hond," zei hij.

"Hmmm," herhaalde ze.

Hun omzwervingen door het asiel leidden hen dus naar Buddy. Hij heette toen geen Buddy.

Het asielpersoneel had hem Buster genoemd en hij was net iets langer dan een maand in het asiel. Hij was een grote bal vacht, met voeten die te groot waren voor zijn lichaam. Onhandig baande hij zich een weg naar hen toe. Strompelend en botsend. Terwijl de hondenuitlaatster tevergeefs probeerde hem in bedwang te houden. Maar het was alsof Buster maar één ding wist.

Hij liep recht op hen af. Hij spreidde zijn lichaam op de grond voor hun voeten. De hond keek hem recht in de ogen en het stond buiten kijf dat Buster die dag geadopteerd zou worden.

"Kan ik zijn naam veranderen in Buddy?" vroeg hij.

"Ik weet het niet, probeer het maar," stelde de hondenuitlater voor.

"Kom hier, Buddy," zei hij. "Kom hier, jongen."

Buddy's oren gingen naar achteren en hij sprong in zijn armen. Op die dag werden ze een gezin van drie en vanaf dat moment draaide hun leven om Buddy.

Zijn ogen welden nog steeds op als hij aan dat moment terugdacht. Hij zou Buddy missen en hij zou Jayne missen, maar ze zouden er wel overheen komen. Ze zouden verder gaan, op zijn tijd, en ze zouden er beter van worden.

Dat is tenminste wat hij zichzelf bleef vertellen.

s Avonds gingen ze tegelijk naar bed. Zij las een boek en hij probeerde te lezen, maar niets kon zijn aandacht vasthouden. Dus hij dacht en staarde en dacht en staarde. En toen Jayne tegen hem praatte over het boek dat ze aan het lezen was, knikte hij, maar hij luisterde niet echt. Dat had ze ook niet echt van hem verwacht. Buddy lag aan het einde van het bed en snurkte al lang voordat zij dat deden.

Als zij in slaap viel, stond hij op en liep. Hij liet Buddy niet met hem meelopen, want Jayne zou wakker worden van zijn pootjes die op en neer door de gang liepen. Op een bepaald moment in de nacht besloot hij dat hij overhaast handelde. Hij had tegen zichzelf gezegd dat hij gewoon nog een week op het werk moest doorkomen en dat alles dan vanzelf goed zou komen.

Hij was tijd aan het rekken, dat wist hij, maar er was niets veranderd.

Het was onvermijdelijk.

***

Toch kwam maandagochtend en de wekker ging.

Hij liep naar Buddy en at wat beboterde toast. Hij dronk een kop koffie en kuste Jayne gedag voordat hij naar kantoor reed. Hij zat twintig minuten in het vastgelopen verkeer. Hij luisterde naar het nieuws en het geklets tot hij naar stilte verlangde. Hij ademde diep in terwijl de auto's om de paar tellen vooruit schoven.

"Waarom sta ik elke dag in de file om naar een baan te gaan die ik haat?" vroeg hij zich hardop af.

"Waarom ben ik zo'n zeur?" antwoordde hij met een andere vraag.

Omdat je iets moet doen, zei een stemmetje in zijn hoofd. Je moet je hart een jumpstart geven. Je moet onbevreesd zijn. Je moet plassen of van de pot komen!

Makkelijker gezegd dan gedaan, dacht hij. Makkelijker gezegd dan gedaan.

In het kantoor begroette hij de receptioniste die zei dat de baas binnen zat te wachten.

"Hadden we een vergadering gepland?" vroeg hij terwijl hij door het rooster op zijn telefoon scrolde.

"Nee," bevestigde ze.

Hij voelde hoe een druppel zweet zich op zijn voorhoofd vormde toen hij zijn kantoor binnenging. Zijn baas stond op en ze wisselden begroetingen uit en schudden elkaar de hand alsof het de eerste keer was dat ze elkaar ontmoetten.

Vreemd, dacht hij, want ik werk hier al zeven jaar.

"Ga zitten," zei zijn baas. Het klonk als een direct bevel, dus hij deed het, ook al was hij in zijn eigen kantoor. Op zijn eigen terrein.

"Wat kan ik voor u doen, meneer?" vroeg hij.

"Het is onder mijn aandacht gebracht dat u de laatste tijd nogal veel tijd - nee, ik moet eerlijk zijn - besteedt aan Google. Je hebt geen nieuwe klanten binnengehaald. Eerlijk gezegd maak ik me zorgen, omdat je je niet staande houdt. Trek je lading. "

Hij aarzelde een paar seconden. Zijn mond was opengegaan, maar toen sloot hij hem en zei niets.

"Wat heb je voor jezelf te zeggen?" vroeg zijn baas, "enige, eh, verklaring?"

"Ik-nee," stamelde hij. "Ik heb gewoon-"

"Spuug het uit, jongen," zei de baas-man. "Er moet een verklaring voor zijn!"

Hij schudde zijn hoofd.

"Misschien heb je familieproblemen?"

"Nee."

"Alcohol? Drugs? Overlijden in de familie? Echtscheiding?"

Hij schudde zijn hoofd nee. Was het maar waar!

"Kom op, man," zei zijn baas, die geïrriteerd raakte. "Geef me iets om mee te werken, hier. Wat dan ook!"

"Ik heb onder veel stress gestaan. Veel druk."

"Ja, daar heb je het nu, jongen. Ik weet dat ik je verraste door onverwacht je kantoor binnen te komen, maar nu begin je het te snappen, mijn jongen. Vertel me meer. Hoe kunnen we je helpen? Ik bedoel mezelf en de partners."

"Ik weet het niet echt," zei hij. "Ik denk dat het misschien het beste is als je me ontslaat."

"Nou, nou, wie heeft er iets gezegd over jou ontslaan? Zover zijn we nog niet. Je hebt hier zeven - tel ze - zeven goede jaren achter de rug. Nou, laten we realistisch zijn, het is waarschijnlijk meer zes en een half, maar je bent een gewaardeerd lid van ons team. We willen helpen, als je dat toelaat. Hoe kunnen we helpen, mijn jongen?"

"Als je niet overweegt om me te ontslaan, zou je dan een verlof willen overwegen? Misschien een maand vrij? Zonder loon is prima. Ik vind het niet erg. I-"

"Zonder loon, zegt u. Nou, het is niet nodig om zonder loon te gaan. Ik zal vandaag het papierwerk in orde maken. We noemen het, Stress Verlof. Een maand volledig betaald. Neem je vrouw en uh, Buddy mee en ga ergens op vakantie. Relax." Hij stond op, leunde over het bureau en ze schudden elkaar weer de hand.

"Dank u, meneer," zei hij. "Dank u. Echt."

"Heather zal je de papieren geven om te ondertekenen voordat de dag om is. Werk vandaag, maak alles af wat je kunt en delegeer de rest aan iemand anders. Ik zal een memo voor het hele bedrijf rondsturen, waarin staat dat je een maand vrij krijgt - maar we zullen natuurlijk niet zeggen waarom." Hij raakte zijn neus aan, alsof hij hun gedeelde geheim wilde bevestigen. "Dat is iets tussen jou en mij."

Hij stond op en liep met zijn baas mee naar de deur. Zijn baas gaf hem een schouderklopje.

"Zorg goed voor jezelf en maak je geen zorgen over de dingen hier. Wij zullen het fort bewaken tot je terug bent."

"Nogmaals bedankt, meneer," zei hij, en hij slaagde er zelfs in om even te glimlachen.

Toen ging hij achter zijn computer zitten en ging weer verder met zijn onderzoek. Aan het einde van de dag verzamelde iedereen zich om hem heen. Hij hoopte dat ze geen cadeautjes of zo voor hem gekocht hadden. Dat hadden ze niet.

Het was een goed afscheid. Hij pakte al zijn persoonlijke spullen in zijn tas en voelde zich erg opgelucht toen hij weer in zijn auto stapte.

Zoals gewoonlijk was hij eerder thuis dan Jayne. Hij maakte een korte wandeling met Buddy en ging toen terug naar zijn computer. Hij bekeek zijn testament en overwoog om een paar wijzigingen aan te brengen.

Jayne was nog steeds de enige weldoener. Hij besloot iets na te laten aan het dierenasiel waar ze Buddy hadden gevonden. Het was een goed bedrag - met het geld konden ze veel zwerfdieren helpen en op die manier zou zijn leven iets hebben betekend.

"Kom hier, Bud," zei hij. "Je moet nu op Jayne passen, oké? Ik reken op je."

Buddy sprong op en legde zijn poten op zijn schouders. Ze omhelsden elkaar. Hij veegde een traan uit zijn ogen.

Samen gingen ze naar de keuken. Hij vulde Buddy's etensbakje en liet toen wat koel water uit de kraan lopen en vulde zijn waterbakje.

Buddy liep meteen naar het eten, maar hij ving hem op voor nog een knuffel. Hij vocht tegen een snik toen hij naar de slaapkamer ging en een weekendtas begon in te pakken. Hij gooide er alleen het belangrijkste in, legde zijn paspoort boven op zijn bureau en ging toen zitten om Jayne een briefje te schrijven.

Er stond op:

Liefste Jayne, ik hou heel veel van je, maar ik denk dat je beter af bent zonder mij. Zorg alsjeblieft voor Buddy. Sorry dat het zo moet, maar ik heb een gelofte gedaan om je gelukkig te houden en dit is de enige manier.

XOXO oneindig.

Je liefhebbende echtgenoot.

Terwijl hij over de Prinsessensnelweg reed, dacht hij na over de dingen waar hij het meeste spijt van had. Hij had zijn dromen niet gevolgd. Hij had Jayne de hare niet laten najagen. In het begin waren ze een kracht om rekening mee te houden. Maar nu, waren de dingen anders. Ze had willen reizen, vliegen, opstijgen en samen avonturen beleven, maar hij had zich altijd teruggetrokken.

Hij had spijt van zijn angst. Hij verafschuwde zichzelf voor die angst.

Hij voelde zich er minder man door. En toen hij niet genoeg zwemmers had, was dat de druppel die de emmer deed overlopen.

Toen begon hij aan alles te twijfelen. Waarom was hij op aarde gezet? Wat was zijn doel?

Hoe kon hij dingen anders maken?

Hij dacht terug aan vanochtend, toen hij Jayne voor de allerlaatste keer had gekust. Natuurlijk wist zij dat niet, maar hij wel. Ook al hadden ze hem geen maand vrij gegeven, hij ging morgen voor niets terug. Nee, hij had andere plannen. Andere plaatsen om te zijn. Andere dingen te doen.

Voor één keer, in een hele lange tijd, had hij een doel.

Toen moest hij de auto aan de kant zetten. Hij kwam maar net op tijd uit de auto. Zijn handen trilden terwijl hij overgaf. Zenuwen. Angst. Woede. Vernedering. Het gierde allemaal door zijn systeem en bracht hem van zijn stuk.

Toen hij terug in de Lexus klom, begon zijn telefoon te rinkelen. Het was Jayne. Hij klikte op de knop om het overgaan te stoppen en stuurde het gesprek rechtstreeks naar de voicemail. Hij keek toe hoe de telefoon even later oplichtte met een bericht. Hij drukte op de knop om te luisteren.

"Ik ben net thuis en vond je berichtje. Ik begrijp het niet. Buddy en ik begrijpen het niet." Op het juiste moment blafte Buddy. "Kom naar huis, oké? Kom naar huis, dan kunnen we erover praten. Erover praten." Ze snoof. "Ben je daar? Luister je wel? Luister!" Jayne's stem werd een paar seconden stil. Het bericht was uitgetimed. Ze belde opnieuw. "Ik weet dat je verdomd goed luistert, jij, ik hou van je. Geef antwoord!"

Hij hing op, zette zijn telefoon uit en legde hem in het dashboardkastje. Daar zouden ze hem wel vinden.

Toen hij wegreed van de stoeprand, liet hij de wielen van zijn auto piepen. Hij liet de motor op volle toeren draaien, zette zijn voet op de grond en reed weg.

Hij reed het grootste deel van de nacht. Hij was een beetje paranoïde dat Jayne misschien de politie erbij zou halen, maar er gebeurde niets. Hij hoopte dat ze niet te boos op hem zou zijn.

Er was geen weg terug.

Bovendien wilde hij dat ook niet.

Hij had tenslotte alles bereikt wat hij wilde en alles wat hij kon.

***

Toen hij op de top van de berg stond, trilden zijn knieën oncontroleerbaar. Hij duwde een paar stenen van de rand en keek toe hoe ze naar beneden tuimelden. Hij luisterde hoe ze naar beneden tuimelden, klikkend en botsend tegen het steen. Tenslotte hoorde hij alleen nog de zwakste plons en toen was er eindelijk stilte.

Het was een prachtig uitzicht - de Blauwe Bergen - en nu klopte alles wat hij erover gelezen had. Als je hier helemaal boven stond, voelde je je klein in omvang en gestalte, maar een deel van iets groters dan jezelf. Je voelde je één met het universum en op de een of andere manier was je niet bang.

Precies op dat moment maakte een groep luidruchtige kaketoes hun aanwezigheid aan hem bekend. Hun luide, hoge gekrijs deed hem zijn oren bedekken.

Je hoeft dit niet te doen, zei hij tegen zichzelf. Je hebt aan niemand iets te bewijzen. Je kunt je omdraaien en terug naar huis gaan, naar Jayne en Buddy, en niemand zou er wijzer van worden. Jayne zou het begrijpen als je gewoon uitlegde wat er op kantoor was gebeurd. Ze zou het volledig begrijpen en je steunen.

Hij dacht hier nog even over na, terwijl hij naar de wolken keek die zich een weg door de lucht baanden.

De waarheid was dat hij niet met zichzelf kon leven. Met de constante angst. Het was te veel voor hem om opzij te zetten en terug naar huis te gaan, doen alsof het nooit gebeurd was. Als hij het nu op zou geven en terug zou gaan naar het leven zoals het was, dan zou hij zichzelf niet meer in de spiegel kunnen aankijken. Hij zou geen man meer zijn, niet echt. Hij zou niets zijn. Zijn leven zou niets betekenen.

"Het is nu of nooit," zei hij.

En toen het moment daar was, dacht hij er niet meer over na.

Voor het eerst in zijn leven was hij volledig toegewijd.

Hij bewoog zich dichter naar de rand en liet zijn lichaam gewoon naar voren vallen, te beginnen met zijn hoofd. Het was gemakkelijk door de steile afdaling. Al snel zweefden zijn schouders, romp en benen synchroon naar beneden.

Hij gilde. Hij kon er niets aan doen. Hij klemde zijn ogen stevig dicht en concentreerde zich terwijl de wind hem heen en weer slingerde als een marionet.

Hij dwong zichzelf zijn ogen te openen en het was alsof hij vloog.

Het voelde alsof hij gewichtloos was en het leek alsof hij voorbestemd was om zo te zijn - om te zweven. Hij lachte toen hij als een steen naar de bodem zonk.

Binnen een paar minuten was alles voorbij.

"Helemaal te gek!" riep hij uit terwijl hij ondersteboven aan een bungeekoord hing.

"Nog een keer! Opnieuw!" riep hij toen ze hem weer binnenhaalden.

VAARWELK

"Vertel me het verhaal van de eerste keer dat je papa ontmoette," vroeg mijn zevenjarige dochter, ook al had ze hetzelfde verhaal al heel vaak gehoord.

"Weet je het zeker, schat?" vroeg ik, terwijl ik heel goed wist wat ze zou antwoorden.

"Alsjeblieft!" zei ze, terwijl ze me aankeek met die grote blauwe ogen die ze van haar vader had geërfd.

"De lange of verkorte versie?" vroeg ik, terwijl ik een pluk haar uit haar ogen duwde.

"De lange!" zei ze, applaudisserend alsof ze nooit zou gaan slapen.

"Sst," zei ik. "Hmm, waar is het nu allemaal begonnen?"

"'Tot ziens,' zei papa," kirde mijn dochter.

"Dat klopt lieverd," antwoordde ik, het deel weglatend over haar papa die me tegen de autodeur duwde.

Ik pakte mijn handtas, stak mijn arm door de riem en gooide mijn gewicht tegen de deur alsof ik een linebacker was en duwde hem open. Met mijn rechter hoge hak als eerste, duurde het niet lang voordat ik me realiseerde dat we naast een enkeldiepe plas waren gestopt. Voordat mijn hersenen dit konden registreren om te voorkomen dat mijn linkervoet erin zou stappen, hadden ze dat al gedaan. Toch stapte ik uit, maakte het niet uit wat voor schade mijn lievelingsschoenen opliepen.

"Oh," zei ik, nu volledig uit het voertuig met mijn rug naar de bestuurder.

"Dan ben je in een plas gestapt!" piepte mijn dochter.

"Ja, en je vader gniffelde toen hij wegreed met een zwieper van de achterband waardoor de inhoud van de plas op de rest van mij spoot. Ik veegde het vieze, koude en stinkende water weg en veegde het weg voordat het op mijn jurk terechtkwam. Met mijn andere hand stak ik mijn middelvinger op in de richting van het deserterende voertuig," zei ik.

Ik hield mezelf tegen omdat ik vergeten was dat stukje eruit te knippen.

"Waarom deed je dat?" begon mijn dochter.

"Laat maar," vervolgde ik, "net op tijd om een glimp op te vangen van mijn handtas die naast het voertuig stuiterde. Ack! Die zwarte handtas had me tien jaar lang geluk gebracht omdat hij bij alles en elke situatie paste. Hij kon zowel over de schouder als over de schouder en over mijn borst. Er zaten vakjes in voor alles, inclusief mijn telefoon."

"Oh nee, je telefoon!" riep ze uit.

"Ja," zei ik glimlachend. "Hoe moest ik mezelf hier ooit uit redden? Belangrijker is dat je je afvraagt hoe ik op dit punt terecht ben gekomen. En daar kom ik zo op, maar eerst moet ik mijn situatie beoordelen. De balans opmaken en het heft in handen nemen. Eerst liet ik het water uit mijn schoenen lopen toen ik van de weg af stapte, door het bedauwde gras en op het trottoir. Ik trok mijn schoenen weer aan, nat als ze waren en verkoos het natte boven enge nachtkruipers die op de loer zouden kunnen liggen, en liep naar de dichtstbijzijnde straatlantaarn.

"Nu legde ik mijn handen op mijn heupen in een Wonder Woman-houding en begon een plan te maken om mezelf uit de problemen te halen waarin ik terecht was gekomen."

"Het was een mooie buurt," zei ze.

"Met verzorgde gazons en geen onkruid of voertuig te zien - ze waren allemaal veilig weggestopt in hun dubbele of driedubbele garages. Mooie huizen, bevatten aardige mensen. Toch? Dus besloot ik zonder dralen een huis uit te kiezen, op de voordeur te kloppen en om hulp te vragen. Ik koos het huis met geluksgetal zeven en liep erheen. Onderweg,"

"Je had medelijden met jezelf, mama."

"Dat had ik zeker. Ik verdiende het niet om 's avonds laat, nat, stinkend en berooid te stranden in een onbekend gebied. Toen ik de uitverkorene, nummer zeven, naderde, vulde een gezoem de lucht, gevolgd door het suizen van een automatische sproeier die zijn weg baande. Ik rende eerst niet, ik was al nat, maar toen de waterstraal zich gillend op mij richtte, zette ik het op een lopen. Nu was mijn gezicht nat van de tranen die ik niet had gehuild toen ik het grasveld overstak van het huis waarvan ik hoopte dat het me zou redden. Nummer zeven."

"Je moet nooit met vreemden praten, mama," zei mijn dochter.

"Dat klopt lieverd, maar ik zat in de problemen en was nat en zonder mijn telefoon. Je hebt altijd je telefoon en de nummers van papa en oma en tante Lil staan erin."

"En ik ken jouw nummer, dat van papa en dat van oma in mijn hoofd."

"Dat klopt schatje. Dus, terug naar het verhaal. Word je nog niet eens een beetje moe?"

"Nee, ik wacht nog steeds op het leukste deel!"

Ik vervolgde: "Nu ik hier was, vroeg ik me af hoe laat het was. En ik vroeg me af of er iemand thuis was. En ik vroeg me af of ze me zouden helpen als ze thuis waren. Ik was nat, vies en ik had geen identificatiebewijs. Mijn zelfvertrouwen werd steeds minder toen ik me omdraaide, leunend tegen de deurbel die van boven naar beneden galmde, terwijl de lichten aan en uit flikkerden. En ik rende. Terug naar waar ik was afgezet. Vertrouwd terrein als het ware. Ik zou naar een winkel op de hoek lopen waar ze een telefoon zouden hebben die ik mocht gebruiken en waar ik om hulp kon bellen en hen het geld voor het telefoontje kon sturen. Ja, dat was ik van plan totdat er een auto naast me kwam rijden en ik een vriendelijk gezicht herkende. Ik was echt gered!"

"Het was tante Lil!" kirde mijn dochter en natuurlijk had ze gelijk.

***

"Terwijl ik met Lil in de auto zat, herinnerde ik me mijn onbeantwoorde liefde voor Jasper Winters. Ik had hem van verre bekeken, zijn blonde golvende haar, zijn blauwe ogen, zijn neus met sproeten erop. Hij was zo lief, zo attent. Hij had altijd verkering met een of ander meisje en mijn vrienden vertelden me dat mijn obsessie voor hem het stadium van stalker naderde. Daarom stemde ik ermee in om tegen dat ene ding in te gaan dat ik altijd had geweigerd - uitgaan met een wildvreemde op een blind date. Ja, het was met dezelfde man die nu mijn handtas gijzelde. Zijn naam: Adam Trent."

"Mijn papa!" kirde ze. "Dat is het mooiste."

Ik glimlachte.

"Het was onze eerste ontmoeting geweest, eerder vandaag in de foodcourt van het winkelcentrum. De ontmoetingsplaats was afgesproken en het was op een openbare plek. Ergens waar we konden kletsen met genoeg beweging om ons heen. Deze omgeving zou de druk wegnemen. De leegtes waarin geen van ons iets te zien had, zouden minder saai aanvoelen. Is zwijgen eigenlijk wel een woord? Ik weet het niet, maar je snapt het wel. Via onze gezamenlijke vriend kwamen we overeen dat het een kans was om elkaar persoonlijk te leren kennen. Als er een klik was, spraken we van tevoren af om de volgende ontmoeting te plannen, met een film of een etentje. De volgende stap was alleen als we allebei een klik voelden. Anders waren we het er allebei over eens dat het hasta la vista baby was! Adios en opgeruimd staat netjes! Had ik toen maar geweten wat ik nu weet! Dan zou ik niet in deze positie zitten. Maar zoals het gezegde gaat, achteraf is 20/20. Toen ik hem voor het eerst zag tegenover de foodcourt was hij niet het type man dat zou opvallen in een menigte. Dat vond ik meteen leuk aan hem, dat hij net zo opging als ik en toen ik zijn naam, Adam Trent, over mijn tong liet rollen terwijl ik het zei, paste het bij hem en ontspande ik me meteen."

"Liefde op het eerste gezicht," riep mijn dochter uit.

"Dat was het ook," zei ik. "Nadat we elkaar hadden voorgesteld, ellebogen tegen elkaar hadden gestoten omdat we allebei onze verplichte maskers droegen, vroeg hij wat ik wilde drinken en ging hij de koffie halen. Hij had mijn bestelling goed, room en één suiker, wat me liet zien dat hij goed kon luisteren en ik voelde me hoopvol. Terwijl we zaten en aan onze koffie nipten, kletsten we met een vertrouwd gevoel, alsof we meer waren dan kennissen, eerder vrienden. Hij lachte, niet te hard. Ik had een hekel aan mensen die heel hard lachten en zo de aandacht op zichzelf vestigden. Adam was niet zo. Hij was attent, vriendelijk, begripvol en met hem praten voelde normaal. Of moet ik zeggen als het nieuwe normaal omdat we vrijuit praatten terwijl we onze beschermende maskers droegen. Toch denk ik niet dat ik het mis had als ik dacht dat als iemand ons observeerde, het duidelijk zou zijn dat we ons op ons gemak voelden in elkaars gezelschap. We gingen in ons gesprek vrij gemakkelijk van het een naar het ander en al snel vertelde hij me dat hij in de herfst naar de universiteit zou gaan. Ik vertelde hem nogal onhandig dat ik een jaar vrij nam. Ik vertelde hem niet in detail dat ik geld moest verdienen voordat ik terug kon. Dat was te veel informatie en niet iets wat hij over mij hoefde te weten. Ik vertelde hem ook niet dat ik een beurs had gewonnen om Klassieke Engelse Literatuur te studeren."

"Ik hoop de twintigste-eeuwse literatuur te studeren," onthulde hij.

"Wow!" riep ik uit, "Ik wil afstuderen in Klassieke Engelse Literatuur!".

"Met deze grote liefde voor literatuur gemeen, zouden we gemakkelijk een verbinding maken, toch? We zouden een brug hebben van het ene land van literatuur naar het andere. Hij zou mijn favoriete auteurs ontdekken en ik de zijne en we zouden nog lang en gelukkig leven. Dat is wat een deel van mij dacht. Met het andere deel luisterde ik terwijl hij de lof zong van zijn goddelijke favoriete auteur in de wereld - Kurt Vonnegut. Hij bleef maar doorgaan met alles aan te prijzen en op te hemelen over zijn keuze voor de beste roman aller tijden - Slaughterhouse Five."

"Tot hij te ver ging," grapte mijn dochter.

"Ja, veel te ver. Zo ver zelfs dat ik niet anders kon dan de ware meesters verdedigen, zoals Shakespeare, Dickens en Twain, wier werk de tand des tijds heeft doorstaan. Nadat zijn gezicht zijn normale kleur had teruggekregen, voegde hij een paar

Vonnegut-ismen aan het gesprek toe, zoals: "Alleen in boeken leren we wat er echt aan de hand is".

"Het was een strijd van de boeken!" zei mijn dochter.

"Ja, en onze eerste ruzie. Ik zei: "Over voor de hand liggend gesproken!" voordat ik terugvuurde met Mark Twain's: "Het is beter om je mond dicht te houden en mensen te laten denken dat je een dwaas bent dan hem open te doen en alle twijfel weg te nemen." Ik had ergens gelezen dat Twain een van Vonneguts favoriete auteurs was. Dat was in ieder geval één goede eigenschap van hem.

"Hij stond op, stak zijn hand over de tafel en kuste me lang en hard, van masker tot masker. Daar midden in de foodcourt. Dit was een reactie op het feit dat ik zijn hand had vastgepakt toen hij zei dat Vonnegut de Shakespeare van onze tijd was. Hij had het met zoveel overtuiging gezegd, vanuit zijn hart en zijn ziel dat hij me bijna deed geloven dat het waar was."

"Ze hebben je gekust! Bah!" zei ze, terwijl ze haar gezicht bedekte.

"De kus, hoewel abrupt en onverwacht, was heet geweest, ook al hadden we maskers tussen ons. We hadden niet gemerkt dat anderen in de foodcourt naar ons staarden - we hadden het te lang laten duren. Nadat we uit elkaar waren, gingen we weer zitten en barstten in lachen uit. We besloten meteen een film te gaan kijken in het winkelcentrum. Op weg naar de bioscoop werd die band minder. Als we van dezelfde films hielden, konden we het dan opnieuw aanwakkeren? Dan zou niet alles verloren zijn? We praatten over de films die hij leuk vond en waren het erover eens dat de nieuwste film van Tom Cruise ons allebei zou bevallen - maar die was al begonnen dus dat ging niet door. We konden het over geen enkele andere film eens worden.

"Laten we gewoon iets gaan eten," stelde hij voor.

"Tegen die tijd was het bijna tien uur - ik had ook honger. We hadden alleen koffie gedronken en dat was al eeuwen geleden en we roken de popcorn al een hele tijd."

"Mij best," zei ik.

"In het winkelcentrum, of uit?" vroeg hij.

"Ik zei dat we een frisse neus moesten halen, en dus gingen we het winkelcentrum uit, de parkeergarage in met meerdere verdiepingen. We dwaalden meer dan dertig minuten rond voordat hij me vertelde dat hij zich niet meer kon herinneren waar hij geparkeerd had.

"Toen deed je je schoenen uit."

"Vonnegut zei: 'We zijn wat we pretenderen te zijn, dus we moeten voorzichtig zijn met wat we pretenderen te zijn.'" Hij pauzeerde. "Uh, je bent niet erg damesachtig, hè?"

"'Ben je een man?" Vroeg ik, terwijl ik Lady Macbeth citeerde. Meteen voelde ik me slecht over die specifieke quote en veranderde prompt van onderwerp: "Hoe zit het met de kaart? Je weet wel, waar je betaalt? Staat er niet op op welk niveau je geparkeerd hebt?"

"Ik weet dat ik op DEZE verdieping geparkeerd heb," zei hij, "terwijl hij op het knopje aan zijn sleutelhanger bleef drukken en luisterde naar een antwoord als een vogel die naar zijn partner roept. Toen de auto en de sleutelhanger elkaar eindelijk vonden, was het bijna 23.00 uur.

"Nu in het voertuig, met ladders langs mijn beide benen en zwarte voetzolen, haalde ik diep adem en probeerde te ontspannen. Eten zou zeker helpen met mijn humeur en hopelijk dat van hem ook. Het was nog niet te laat om opnieuw te beginnen. We hadden het zo goed met elkaar kunnen vinden tot de literaire botsing. Veiligheidsgordels vast, hij duwde zijn voet op de grond en weg waren we, rond de parkeerplaats en de straat op. We reden een hele tijd rond, luisterend naar countrymuziek. Hij zong mee, terwijl ik vocht tegen de drang om te zeggen, yippie ki-yay!"

"En, wat voor soort eten vind je lekker?" "vroeg hij nadat we naar de laatste suggestie voor taco's op de radio hadden geluisterd."

"Ik heb geen honger meer," antwoordde ik, denkend dat hij, gezien het tijdstip van de suggestie, me mee wilde nemen naar een tacotent. Ik haatte taco's. Hoe kon het eten van een taco, met vlees en dingen die overal vielen, ook maar in zijn vrouwelijke criteria passen? Ik wilde het niet weten. Vooral uit wrok zei ik: "Shakespeare is de koning van de literatuur en Vonnegut is daarbij vergeleken slechts een nar."

"Toen trapte papa op de rem."

"We waren het enige voertuig in de buitenwijken - in the middle of nowhere en dat is het verhaal over hoe je vader en ik elkaar voor het eerst ontmoetten," zei ik, terwijl ik opstond en mijn dochter instopte. Ze rekte zich uit, gaapte en even later lag ze heerlijk te slapen. Ik sloot de deur op weg naar buiten en ging naar onze kamer.

ALLEEN TWINTIG

Toen tante Gin stierf, werden slechts twintig gasten buiten onze familiebel gevraagd om de begrafenis bij te wonen. Dit aantal was beperkt vanwege de pandemie. Sociale afstand en maskers waren de hele dag verplicht. Dit gold ook voor de dienst in het uitvaartcentrum, de begrafenis en het feestmaal.

Omdat tante Gin wist dat ze het einde van haar leven naderde, selecteerde ze persoonlijk de twintig gasten voordat ze deze gekke wereld verliet.

Zoals de familietraditie wilde ze nog steeds een open kist. Maar met een nieuw verzoek. Ze wilde ook een masker dragen. Tante Gin had altijd een vreemd gevoel voor humor.

"Hoe moet ik in godsnaam een gepaste grafrede uitspreken? Een die mijn zus verdient... als ik zo'n stom masker draag!" vroeg Gin's jongere broer Marvin.

Tegenover Marvin zat zijn tweede neef Frank. Hij pufte diep in gedachten aan zijn sigaret voordat hij antwoordde.

"Ze hebben een microfoon en dat is voldoende."

Tante Gin's lievelingsnicht Mary die in de keuken thee aan het zetten was, riep.

"Hij zal verstelbaar zijn, de microfoon, ik bedoel op jouw lengte. Dus je kunt ervoor zorgen dat je mond," ze veegde haar handen af aan haar schort en kwam moe van het schreeuwen de woonkamer binnen. Ze stopte midden in haar zin, nu ze zich realiseerde dat ze vergeten was de thee mee te nemen, trok ze zich snel terug. Ze kwam terug met een overladen dienblad dat rammelde bij elke stap.

Frank en Marvin staarden nog steeds met open mond in haar richting, wachtend tot ze haar zin afmaakte.

"Staat er recht voor," zei ze alsof er geen tijd was verstreken tussen haar eerste en haar laatste. Nu ze het gezegd had, besefte ze dat het gewicht van het dienblad alleen al haar armen deed trillen. Ze bukte zich en liet het voorzichtig op de glazen tafel zakken. "Bedankt voor de, eh, hulp," voegde ze eraan toe met een toon die scherp was van sarcasme terwijl ze op haar hurken ging zitten om het inschenken voor te bereiden.

Marvin en Frank staken geen vinger uit. Wat normaal was voor hen. Een vrouw deed vrouwelijke dingen en een man deed mannelijke dingen.

Ze vulde de pan en opende toen het nieuwe pak chocoladekoekjes dat ze voor het gezelschap had bewaard. Zij en tante Gin hadden altijd een doos met hun lievelingskoekjes in de kast staan - maar ze raakten ze nooit aan. Ze wisten allebei dat ze alles zouden opeten als ze het openmaakten - dus ze kwamen alleen tevoorschijn als er bezoek kwam.

De jonge vrouw en tante Gin waren altijd al ondeugend en samenwerkend geweest. Ze herinnerde zich dat haar tante een vurig voorstander was van presentatie en spreidde de koekjes over het bord. Ze vroeg zich af of tante Gin van bovenaf toekeek. Ze zuchtte, zelfs nu ze het gevoel had dat er een deel van haarzelf ontbrak.

Marvin was er niet helemaal bij betrokken. In plaats daarvan staarde hij uit het raam en overwoog hij om een masker te dragen. Frank rookte een nieuwe sigaret die hij meteen had aangestoken nadat de andere was doorgebrand.

Marvin merkte eindelijk het meesterwerk van zijn nichtje op en vroeg: "Wat doe je daar beneden?"

"Ik ben thee en koekjes aan het maken," zei Mary, terwijl ze in de pot roerde, het deksel sloot en het een zwiep gaf om het op te schieten.

"Pak dan een stoel of zo. Ga niet op je hurken zitten als een..."

"Kraker," zei Frank, lachend om zijn grap omdat niemand anders dat deed.

"Laat maar, het is nu klaar," zei Mary. Ze vulde de lege kopjes met de gouden, stomende vloeistof. Daarna voegde ze er een scheut melk aan toe en de gebruikelijke hoeveelheden suiker. Zelf nam ze geen suiker. "Wil je een chocoladekoekje? Dat waren de favorieten van tante Gin."

"Het zou zonde zijn om je zwierige ontwerp te verknoeien," zei Marvin, terwijl hij zijn hand uitstak en precies dat deed.

"Niet voor mij," zei Frank. "Koekjes en sigaretten gaan niet samen."

Mary schonk eerst Marvin zijn kopje thee in, omdat hij de oudste was. Daarna zette ze Franks kopje op een onderzetter naast zijn stoel, die anders bezet was. Dat wil zeggen, hij stak nog een sigaret op. Ze kromp ineen toen hij de peuk van zijn oude sigaret op het fijne porseleinen schoteltje van tante Gin legde.

"Dank je," kirde ze allebei.

Mary bevestigde het ontwerp van het koekje opnieuw, wierp een blik omhoog. Toen verwijderde ze er voorzichtig een uit elk uiteinde en stak de kamer over, proberend haar overvolle theekopje niet te morsen terwijl ze naar de tweezitsbank liep. Ze had vermeden om daar te gaan zitten nu tante Gin niet naast haar zat. Een deel van haar had het gevoel dat de balans in het universum zoek was zonder Gin.

Voordat tante Gin's dagen geteld waren, aten zij en Mary de meeste avonden op dienbladen voor de televisie zittend in de tweezitsbank naar Coronation Street. Mary had het programma sindsdien opgenomen, wachtend tot Gin's geest zou bereiken waar hij ook naartoe zou gaan, zodat ze het programma samen konden kijken zoals ze altijd deden.

Dat was voordat oom Marvin en neef Frank hier kwamen wonen. Voordat de pandemie ervoor zorgde dat familieleden op afstand ergens anders moesten gaan wonen. Nu vormden ze hun eigen sociale bubbel, dat wil zeggen dat ze geen maskers hoefden te dragen in elkaars buurt. Maar over een paar uur zouden ze de gevreesde maskers moeten opzetten voor de begrafenisdienst - niemand wilde de besmetter of de besmette zijn.

"Wat ik graag zou willen weten, is waarom Gin een masker draagt. Ten eerste," zei Marvin. "Ten tweede, waarom ze de familieleden heeft uitgenodigd die ze heeft uitgenodigd. Sommigen van hen hebben al meer dan twintig jaar geen contact meer gehad met haar of met iemand van ons. God weet dat Gin geprobeerd heeft om de familie bij elkaar te houden, in tijden waarin bij elkaar blijven vanzelfsprekend had moeten zijn."

"Maskers zijn verplicht voor iedereen en Gin wilde iedereen bij elkaar houden. En ja, tante Gin was altijd degene die het beste met iedereen voorhad," zei Mary.

"Zelfs als het niet gerechtvaardigd was," zei Frank, terwijl hij nog een sigaret opstak en eraan toevoegde: "Dit schoteltje raakt nogal vol."

Mary zette haar kopje thee op tafel, pakte het schoteltje en gooide het in de prullenbak in de keuken. Achter in de kast vond ze een kapot schoteltje - Tante Gin stond niet toe dat er in huis gerookt werd, dus ze had geen asbakken - en zette het op tafel naast Franks theekopje en schoteltje. Hij knikte.

"Wil een van jullie nog wat nu ik toch aan de beurt ben?" vroeg ze.

Marvin stak ook zijn lege kopje uit. "En nog een van die koekjes zou me goed uitkomen."

Mary pakte twee koekjes, één van elk uiteinde van het ontwerp en legde ze met een theelepel op het schoteltje, voordat ze de thee, suiker en melk erbij schonk. "Dank je," zei Marvin, terwijl hij op de thee blies voordat hij een slok nam.

Frank weigerde meer thee met een zwaai van zijn hand. "Niemand van ons nam contact op met die klaplopers omdat we ze niet konden uitstaan. Gin ook niet - dat dacht ik tenminste."

Marvin doopte een koekje in de thee en het verkruimelde en brak. Hij gebruikte de theelepel om het terug te pakken en zoog het kleffe koekje naar binnen voordat het oploste in het niets.

"Deze koekjes worden niet aanbevolen om in te dompelen," zei Mary glimlachend.

"Nu vertelt ze het me," zei Marvin.

"Wil je dat ik nog een kop en schotel voor je haal?"

"Nee, je blijft waar je bent. Je rent rond alsof je ons ingehuurde personeel bent. Ik red me wel, maar bedankt voor het vragen."

Mary glimlachte en beet in haar koekje. Ze genoot ervan terwijl de chocolade op haar tong smolt.

Het trio zat rustig met hun theekopjes, koekjes en sigaretten te rommelen tot Mary de stilte verbrak.

"Tante Gin had wroeging, omdat ze het contact met de mensen was kwijtgeraakt. Het drukte zwaar op haar hart en hoewel de twintig gasten - zelfs toen ze contact met hen opnam - haar telefoontjes of brieven niet beantwoordden, schreef ze hen nooit af. Ze bad zelfs voor hen. In feite bad ze elke avond voor ze in slaap viel."

Haar broer was gefascineerd en verward. "Gin, bad voor oudoom Dave, die haar praktisch vermoordde toen ze als kind in de zomervakantie bij hen logeerde? Dat is een enorm iets voor haar om te vergeven. Ik denk dat ze zacht is geworden op haar oude dag."

Mary stond met haar handen op haar heupen, "Tante Gin was veel dingen, maar één ding dat ze niet was, was soft. Ze zou ze op hun donder hebben gegeven als ze onaangekondigd aan de deur waren verschenen voordat ze ziek werd - je weet dat ze het haatte als mensen kwamen opdagen zonder uitnodiging - maar ze wilde het goedmaken, vergeven en vergeten." Haar woorden bleven in haar keel steken, net als het laatste koekje dat ze net naar binnen had gewerkt.

Frank stond op, stak de kamer over en gaf haar een harde klap op haar rug. Een gedeeltelijk opgegeten koekje vloog door de kamer en landde met een plons in Marvin's kopje thee.

"Weet je niet dat je moet kauwen voordat je het doorslikt?" zei Marvin, terwijl hij zijn thee met een blik van walging op het dienblad terugzette.

"Het spijt me zo," zei Mary, terwijl ze alles bij elkaar raapte en naar de keuken bracht.

***

Mary spoelde de kopjes uit en zette alles in de vaatwasser, ging toen naar boven om gebruik te maken van de faciliteiten en haar gezicht op te ruimen. Ze had gehuild en wilde niet dat iemand het wist. Op weg naar beneden hoorde ze stemmen. Ze liep snel naar beneden.

"Ik hield meer van mijn zusje dan van wie ook ter wereld!" zei Marvin. "Maar ik zie niet in waarom haar vraag om de grafrede te doen een probleem voor je zou moeten zijn!"

"Nou, nou," zei Mary.

"Ik was er gewoon beter in geweest," zei Frank. "Ik ben al eerder gevraagd en ik zou minder emotioneel zijn, minder veroordelend."

"Waarom jij!" zei Marvin, terwijl hij zijn gesloten vuisten de lucht in stak en ermee zwaaide alsof hij een imitatie deed van een bokser uit vervlogen tijden.

Frank stak de kamer over, ook met opgeheven vuisten. Het leek wel een geriatrische Kaukasische versie van Ali vs Foreman.

De twee stonden lijnrecht tegenover elkaar, oog in oog, totdat Mary het favoriete deuntje van tante Gin begon te jammeren: "Stil kleine baby, zeg geen woord, papa gaat een spotlijster voor je kopen."

Marvins ogen vulden zich met tranen, hij liet zijn vuisten zakken en zakte in een stoel.

Frank stond verstijfd en mompelde de woorden van de rest van het liedje terwijl Mary ze zong. Toen ze klaar was met zingen, liep hij door de kamer, waar een foto van tante Gin in een lijstje naar hem lachte. Ook hij barstte in tranen uit.

"Zo, zo," zei Mary. "Het is bijna tijd om te gaan en hier zijn we aan het ruziën."

"Ze heeft gelijk," zei Frank. "Bovendien hebben we een verenigd front nodig als die nietsnut van een buizerd opduikt."

"Dat is als ze ons niet besmetten - we zitten midden in een pandemie, weten ze dat niet?"

"De cateraars zullen daar rekening mee houden. Terwijl wij in het uitvaartcentrum en op de begraafplaats zijn, zullen ze hier alles klaarzetten om te voldoen aan de richtlijnen voor sociale afstand om iedereen veilig te houden."

"Maar die onwetenden zullen nog steeds hun maskers af moeten doen om het eten op te schrokken en de drank naar binnen te werken - en van dat laatste hebben we er genoeg nodig."

"Schande," antwoordde Mary. "Dat is allemaal geregeld en betaald door tante Gin." Verontwaardigd en genoeg van hen hebbend, trok ze zich terug in haar kamer om zich aan te kleden in de zwarte outfit die ze had uitgekozen. De mannen waren al in hun zwarte pakken en klaar om te gaan.

"Ik verwacht dat ze plastic messen, vorken en papieren borden zullen gebruiken," zei Frank. "En ze zullen flessen handontsmettingsmiddel door het hele huis en de tuin hebben staan. Onze familieleden zullen naar binnen moeten komen om gebruik te maken van de faciliteiten, maar het meeste zal buiten in de tuin plaatsvinden."

"Jammer dat Gin de buitenfaciliteiten heeft afgeschaft," zei Marvin.

Mary riep van boven naar beneden: "Ik vergat te zeggen dat ze markeringen op het gras zullen schilderen en/of borden zullen ophangen waar mensen moeten staan. En wat de voorzieningen betreft, we hebben zo'n mobiel toilet gehuurd. Aangezien er maar twintig van hen zijn en wij drieën, zou er genoeg ruimte moeten zijn voor iedereen en zouden de rijen niet zo lang moeten zijn."

"Jullie hebben hier echt goed over nagedacht!" riep Marvin. "Wij drieën kunnen terug naar binnen sluipen en de binnenfaciliteiten op de q.t. gebruiken."

Mary verscheen bovenaan de trap, klaar om te gaan. "Dank je wel. Ik heb veel tijd gehad om erover na te denken en ik wilde dat alles precies goed zou zijn voor tante Gin. Zij en ik hebben alles tot in de puntjes besproken. Ze wilde de last van me wegnemen dat ik het allemaal alleen zou proberen te doen terwijl ik rouwde om haar verlies."

Marvin streelde de haren op zijn kin. "Als die verdomde pandemie er niet was geweest, had ze meer gewild. Ze zou hebben gevraagd om een gewone schuurverbranding - of een wake - om haar leven te vieren. Dat is wat ze verdient!"

Frank zei: "Dat zal ze krijgen - en we zullen haar de beste ooit geven - nadat deze pandemie voorbij is. We nodigen de andere familieleden uit - degenen die we aardig vinden - en misschien zelfs een paar lokale beroemdheden. Iedereen hield van Gin. We sturen haar weg op de manier die ze verdient! Maar voor nu moeten we het beste van de situatie maken."

Mary liep door de kamer, overwoog om te gaan zitten - maar haar jurk zou kreuken, dus ging ze terug naar de keuken om papieren servetten te vouwen. Ze had aangeboden om er zoveel mogelijk te doen voordat de cateraars kwamen, omdat ze wist dat ze iets nodig had om haar bezig te houden. Ze dacht na over alles wat tante Gin had gevraagd voor die dag. Ze wilde dat Marvin een toast op haar uitbracht, nadat iedereen had gegeten. Ze had zelfs opgeschreven welke gerechten ze geserveerd wilde hebben en de cateraar uitgekozen om ze te bereiden. Ja, tante Gin had aan alles gedacht. Verhoogde stemmen in de woonkamer trokken haar terug.

"Gin zei dat ik het leeuwendeel van de zaak zou krijgen, daarom heeft ze mij executeur-testamentair gemaakt," zei Marvin.

"Ze zei dat ik het huis mocht houden," zei Mary. "Het is ook mijn huis - ik heb hier het grootste deel van mijn leven met tante Gin gewoond."

"Niemand betwist dat feit," zei Frank. "Je hebt alles opgegeven om hier te zijn en Gin te helpen toen niemand anders dat kon. Je had kunnen trouwen, een paar kinderen krijgen... maar je verkoos familie boven jezelf. Het is het minste wat ze kon doen, je het huis nalaten."

Marvin knikte. Voor één keer waren ze het ergens over eens.

"Ik heb Gin gezegd dat ik niets van haar wilde of nodig had," zei Frank.

"Laten we hopen dat ze je dan negeert," zei Marvin lachend en zag dat de twee eindelijk goedgehumeurd waren,

Mary ging terug naar de keuken om het vouwen af te maken voordat ze naar de begrafenisonderneming moesten vertrekken.

Hoewel de servetten van papier waren, waren ze delicaat en zacht. Het hemelsblauw met een roze streep op de linkerhoek was ook de keuze van tante Gin geweest. Terwijl Mary doorging met vouwen, werd het een automatisme, dus ze keek uit op de tuin en liet haar vingers het werk doen.

Haar ogen dwaalden af naar de pas geplante bloemen onder de reusachtige eik. De gipskruid en de rozen waren nu aan het afbloeien, maar hun kleuren waren nog steeds levendig en ze bewogen rond als oude vrienden die dansten als de wind voorbij waaide.

Terwijl ze het laatste servet opvouwde, streek haar rechterhand langs haar buik. Dat deed ze af en toe, hoewel ze al jaren geen kind meer had gehad. Het verlangen ging nooit weg. Tante Gin had het nooit aan iemand verteld. Mary ook niet - zelfs de vader niet.

En daar, begraven onder die bloemen, in de schaduw van die enorme eik, was de eeuwige rustplaats van haar kind. Haar dochtertje had niet meer dan een paar minuten in deze wereld overleefd.

Binnenkort zouden de familieleden komen en ze zouden allemaal samenkomen in het huis dat nu van haar was - en ze zouden het leven van tante Gin vieren.

Dan zou Mary net als de anderen haar masker opzetten en zich afzonderen op die plek onder de boom waar ze zich nooit alleen zou voelen. Op de plek waarvan ze wist dat tante Gin aan haar zijde zou staan, met Mary's dochtertje in haar armen.

Het trio, tante Gin, Mary en de baby zouden stille getuigen zijn, terwijl de rest van de familie elkaar verscheurde.

PANDEMISCH BOY

"Kijk, daar komt hij weer - het is Pandemisch Boy," riep de lange, slungelige en tien jaar oude jongen met blond haar.

Zijn vriend was niet zo lang, slungelig of blond - hij was een roodharige die lachte voordat hij zijn eigen mening gaf. "Waar is je cape, jongen? Weet je niet dat ALLE superhelden een cape hebben?"

De jongen die ze Pandemisch Boy hadden genoemd was jonger dan de andere twee, maar achter zijn masker was hij onbevreesd.

"Spiderman niet," antwoordde hij met een grijns.

Hoewel hij jonger was en kleiner in omvang en gestalte, niet in centimeters maar in voeten, met zijn handen op zijn heupen - meer lijkend op Superman vroeg hij: "En waar zijn JOUW maskers?"

Dit was niet de eerste confrontatie van de zogenaamde Pandemisch Boy in pandemische tijden. In het verleden gebruikte hij de gekruiste gewapende houding van Superman om de situatie onder controle te krijgen. Het leek goed te werken voor kinderen en volwassenen. Het hielp ook om te weten dat hij de wet aan zijn kant had.

"We zijn geen volgelingen," zei de blonde jongen, terwijl hij zijn ogen afschermde van de zon met zijn linkerhand en vervolgens zijn rug naar de jongen toedraaide zodat hij en zijn vriend nu oog in oog stonden. Hij mompelde de woorden: "Laten we zijn masker afdoen."

De roodharige jongen overwoog dit en duwde de teen van zijn gymschoen in de grond, denkend dat ze Pandemisch Boy al in de minderheid hadden met twee tegen één. Bovendien was hij een klein kind - al had hij wel een grote mond en vroeg hij er wel om. Maar hij was geen pestkop en hij wilde er ook geen zijn. Hij concentreerde zich, maakte een cirkel in de aarde voor hem en klopte toen op zijn jeanszak. "De mijne zit hier."

"Bewijs het maar," eiste Pandemisch Boy.

De blonde jongen keek over zijn schouder naar de kleinere jongen en draaide zich snel om. Met gebalde vuisten liep hij op de jongere jongen af. Hij tikte met zijn vinger op het gezicht van de gemaskerde jongen en zei: "Wie-denk-je-te-zijn?" Elk woord rechtvaardigde zijn eigen tik op de gemaskerde kin van de Pandemisch Boy en met het verschil in lengte en massa moest de jongere jongen zijn voeten stevig op zijn plaats zetten.

De roodharige jongen zei: "Ik zal mijn masker opzetten."

De zogenaamde Pandemisch Boy sprak niet, maar knikte instemmend terwijl zijn vriend, de blonde jongen die over zijn schouder keek, hem een boze blik toewierp.

Alle drie hielden ze stand.

***

Soms staat de tijd stil. Alsof alle vogels vergeten te vliegen en alle klokken vergeten te tikken. Dit was niet zo'n dag en naarmate de tijd vorderde, kwamen meer kinderen tevoorschijn van waar ze ook waren geweest om te zien wat er aan de hand was. Ze verzamelden zich, kletsten en fluisterden, en probeerden te achterhalen wat er gebeurd moest zijn waardoor de drie jongens zo lang stilstonden.

"Ik keek uit mijn slaapkamerraam," zei een jongen, "en zag het kleine gemaskerde kind bedreigd worden door het blonde kind dat veel groter en ouder was. Toen zag ik dat ze met z'n tweeën waren en ik moest naar buiten komen, vooral toen de grote jongen dichterbij kwam en de kleine jongen op de borst porde," zei hij, terwijl hij zijn eigen masker aanraakte zoals een volwassene een baard zou aanraken.

"Ik rende erheen," zei een klein meisje, "en zag alles. De jongen met het masker vroeg erom - hij naderde die twee grotere, oudere jongens. Het verbaasde me dat die twee hem niet sloegen." Toen richtte ze zich tot de zogenaamde Pandemische Jongen, "Hé jongen, waarom loop je niet weg nu het nog kan? Voordat die twee oudere jongens je in elkaar slaan?"

Het trio in het midden van de menigte bleef stilstaan, als standbeelden. Ze luisterden naar het commentaar van de andere kinderen die zich tot een menigte aan het vormen waren en zij niet. In dit stadium wist niemand het zeker.

De tijd verstreek en de kinderen met maskers kozen de kant van de zogenaamde Pandemisch Boy en de kinderen zonder maskers kozen de kant van de andere twee. De menigte kinderen verschoof, brak in tweeën zodat ze twee verschillende kanten vormden. Ze waren allemaal klaar om in actie te komen - als en wanneer er een gevecht zou uitbreken.

Uren gingen voorbij en niemand bewoog. Zelfs niet toen vaders en moeders hun kinderen naar huis riepen voor het avondeten. Ook niet toen ouders, grootouders en broers en zussen de kinderen naar bed riepen. Zelfs niet toen de zon werd vervangen door de maan en de sterren.

***

Uiteindelijk zei Pandemisch Boy: "Ik ga nu naar huis." En tegen de grotere blonde jongen, degene die nog steeds in zijn gezicht zat, zei hij: "De volgende keer dat ik je zie, zorg dan dat je je masker bij je hebt, oké? Dit is een pandemie, man, en…"

"Oké, oké," zei de grotere jongen, terwijl hij een stap achteruit deed. "En de volgende keer dat ik je zie, zorg dan dat je een cape draagt." Hij grijnsde.

"Enige kleurvoorkeur?" vroeg de jongere jongen met een glimlach.

Zijn vriend, de roodharige jongen die nu een masker droeg, zei: "Het hangt ervan af of je een Batman-, of Robin-, of Superman-fan bent. Ik? Ik zou zwart dragen."

"Hetzelfde," zei de jongere jongen.

Ze gingen allemaal naar huis.

DE BEZOEKERS

"Wacht even," zei ze, voordat ze haar voordeur opende.

Ze was al bijna dertig dagen binnen - in quarantaine. Naar buiten stappen, alleen al het feit dat ze nu naar buiten stapte, voelde riskant, ook al was ze alleen maar in quarantaine geweest om degenen van wie ze hield te beschermen - en anderen die ze niet eens kende. Ze paste haar masker aan, haalde diep adem en opende de deur.

Er stond een welkomstcomité op haar te wachten en ze voelde zich net als koningin Elizabeth toen ze het balkon van Buckingham Palace op stapte. Al had haar kleine, maar comfortabele huis met twee slaapkamers niet de glitter en glamour van een paleis. Een seconde of twee dacht ze erover om naar hen te zwaaien, maar uiteindelijk bedacht ze zich toen ze begonnen te applaudisseren.

Beschaamd, ook al bedekte een masker het grootste deel van haar gezicht, keek ze omhoog naar de zon die hoog aan de hemel stond en voelde de warmte van haar stralen. Het voelde goed om nieuwe, frisse lucht in te ademen - ook al hield het masker haar tegen om diep in te ademen. Een liedje van John Denver begon in haar hoofd te spelen. Ze neuriede nonchalant mee.

Het applaus was afgelopen zonder dat ze het doorhad en daar stond ze dan als een kat in de zak, terwijl iedereen wachtte tot ze iets zou zeggen of doen. Veel met tranen gevulde ogen, die allemaal over hun eigen masker naar haar gluurden. Geen twee maskers waren hetzelfde. Ze scande de gasten en richtte haar blik op de ogen waarvan ze dacht de eigenaars te herkennen. In gedachten speelde ze een spelletje Wie is wie onder welk masker.

Over één persoon in de menigte bestond geen twijfel vanwege haar grootte en postuur. Het was haar kleindochter Emily. Die groene ogen, dezelfde als die van haarzelf, vielen op toen ze haar aankeken over het paarse masker heen. Emily's lievelingskleur veranderde vaak, maar ze was blij om te zien dat die de afgelopen dertig dagen niet veranderd was. Wel was ze groter geworden. Emily zwaaide en zei: "Hallo oma."

"Hallo, mijn liefste Emily," zei de vrouw, terwijl ze met haar lippen onder het masker en eroverheen met haar ogen glimlachte.

De vrouw aarzelde en bekeek toen het publiek van links naar rechts, terwijl ze naar iedereen knikte.

Eerst was er Brandon. Hij was een grote hockeyfan en op zijn masker stond een Toronto Maple Leaf. "Go Maple Leaf's!" zei hij. Ze duimde voor hem. Er was tenminste nog iemand die hoopte dat ze de Stanley Cup weer zouden winnen.

Naast Brandon stond de moeder van zijn vrouw Emily. Op haar masker stond de boodschap I heart Jamie Oliver. Ze glimlachte en vroeg zich af of haar interesse in Oliver haar misschien zou helpen om ooit een fatsoenlijke rosbief te koken. Ze betrapte zichzelf op deze truttige gedachte en ging beschaamd verder.

De volgende was meneer Bob Moody. Hij was een buurman, een chagrijnige oude zak van wie ze geen idee had waarom hij het nodig vond om een bouwvakkersmasker te dragen. Hij zwaaide, met een vertrouwdheid die ze vreemd vond, maar ze zwaaide terug om beleefd te zijn.

Ze verveelde zich nu met het uitzoeken wie wie was en de rest veranderde in een waas terwijl ze wachtte tot iemand iets zou doen of haar zou laten weten wat ze van haar verwachtten. Zou ze een toespraak houden? Nee, dat zou gek zijn. Het was maar een quarantaine van dertig dagen geweest. Ze kon hen niet omhelzen. Of dichterbij komen dan ze al was.

Ze had het gevreesde gevoel dat iemand wilde dat ze een toespraak hield en vroeg zich af hoe ze er een moest houden, een die gehoord en begrepen zou worden door het dikke katoenen masker heen. Toen dacht ze aan politici op televisie, zoals de premier. Als hij moest spreken, deed hij altijd zijn masker af, sprak zijn toespraak uit en zette het weer op. Als het goed genoeg was voor de premier, dan was het goed genoeg voor haar. Ze haalde haar rechteroor uit de lus en ging toen naar de andere kant.

De gasten hapten naar adem en gingen verder weg. Allemaal behalve haar kleindochtertje.

"Oma houdt van je," zei de vrouw en ze wierp een kus in de richting van de kleine Emily.

"Ik hou ook van jou," antwoordde Emily, terwijl haar ouders, die nu aan haar zijde stonden, haar terugschoven.

Nu ze tevreden was dat ze de zon had gevoeld, dat ze buiten was geweest, dat ze degenen van wie ze hield had gezien en dat ze met kleine Emily had gesproken, boog ze, stapte terug en sloot de deur achter zich.

De telefoon begon onmiddellijk te rinkelen en rinkelen. Ze nam niet op.

HET HUIS

D e kamer was kaal, op de lege ingebouwde boekenplanken naast de open haard na.

Lege boekenkasten gaven me altijd een melancholisch gevoel. Alsof de vorige eigenaar al zijn vrienden en herinneringen had meegenomen, maar de structuren was vergeten die ze in het huis hadden bewaard en uitgestald. Als ik een huis verliet, om wat voor reden dan ook, liet ik altijd een van mijn boeken achter (ik kocht twee van mijn favoriete boeken) zodat ik hoopte dat de nieuwe eigenaar er net zoveel plezier aan zou beleven als ik. Voor mij was het alsof ik ze aan een nieuwe vriend voorstelde. Als ik daardoor overdreven sentimenteel klink, vind ik dat niet erg, want mijn lieve man zei dat altijd van mij.

Toen ik door de kamer liep en mijn masker opzette, zag ik iets tegen de muur liggen dat zo dun was als een hostie. Het was een klein vloerkleed.

"Waar is dat in hemelsnaam voor?" vroeg ik. Ook al was het versleten en klein, het had beter voor de open haard gelegen. Daar had het zielige ding tenminste een doel gehad. Ik doe dat vaak, ik geef levenloze voorwerpen gevoelens. In de literaire wereld heet dat personificatie. Ik gebruik dat middel zo vaak dat mijn man het Maggie-ficatie noemt.

August is de naam van mijn man. En ja, hij is geboren in de maand augustus, een Leeuw, terwijl ik een Steenbok ben.

Toen hij naast me kwam staan, rilde ik. Ik had het altijd koud.

Sprekend door zijn masker zei hij: "Oef, wat is het hier warm, liefje. Waarom beef je?" Hij knoopte zijn dikke wollen vest los, een geschenk van onze zoon Andrew, en trok het uit. Hij legde het over mijn schouders en liep toen door de kamer.

Ik nestelde me erin en zei: "Dank je," terwijl ik hem volgde.

De makelaar, een oude vriend van de familie, droeg een masker dat het makelaarskantoor weergaf waarvoor ze werkte. Ze bewoog zich hoorbaar door het huis in de andere kamer terwijl we zelf een indruk kregen van het huis.

Kort daarna kwam ze de kamer binnen via de deuropening die het dichtst bij het object was dat ik op de vloer had gezien. We ontmoetten elkaar ervoor, alsof ze mijn vraag had gehoord.

Judy Marsh, zoals onze makelaar al meer dan vijfentwintig jaar heet, leek geen woorden te hebben, wat niets voor haar was. Zij en elke andere makelaar op deze planeet.

"Is de open haard niet prachtig!" riep ze uit.

Ik draaide mijn lichaam in de richting van de warmte, terwijl August, die me er vaak van beschuldigde dat ik onder andere te veel Agatha Christie romans las, zich nu verveelde en verder wilde gaan, dichter naar de deuropening bewoog.

Judy zei: "Ik hoorde de vraag die je net stelde. Full disclosure," ze raakte haar neus. "Dit huis heeft nogal een geschiedenis."

August voegde zich nu geïnteresseerd weer bij ons.

"Wat voor geschiedenis?" vroeg ik.

Judy vervolgde: "Het heeft geen zin om verhalen te vertellen als je het hier niet leuk vindt. In dat geval kunnen we naar het volgende huis gaan. Ik heb er nog een paar klaarstaan. Wat is tot nu toe het oordeel over dit huis?"

August zei: "We hebben nog niet alles gezien, het is nog te vroeg om dat te zeggen en," zei August.

Ik maakte zijn zin af zoals mensen die al lang getrouwd zijn dat plegen te doen: "En het is onaardig van jullie om ons verliefd te laten worden op de plek - niet dat dat hier het geval is - en dan de boom te laten zakken."

"De giek inderdaad laten zakken," voegde August eraan toe.

"Vertel!" Eiste ik, terwijl August mijn hand in de zijne nam.

"Laten we naar de keuken gaan," zei Judy. "Ik zal de waterkoker opzetten en een lekker kopje thee voor ons zetten. Ik heb de kast gevuld met een paar dingen zoals Earl Grey thee en koekjes, voor zo'n gelegenheid. Dan zal alles onthuld worden."

August hoorde dat er een kopje thee en een koekje werden aangeboden en volgde Judy naar de keuken. We liepen door een hal die hoge plafonds had, maar nogal groezelig was omdat er geen dakraam was - als we het huis zouden kopen, zou een dakraam deze hal huiselijker maken.

"Een dakraam zou een verbetering zijn," stelde August voor, terwijl hij en Judy de aangrenzende kamer binnengingen via een paar openslaande deuren die je zou verwachten in een oude Marlon Brando western. "Deze moeten weg," zei August, toen de deur zwaaide en tegen zijn achterwerk sloeg voordat ik erbij kon komen om het tegen te houden. Hij stond daar met zijn handen op zijn heupen, zijn mond open en er kwamen geen woorden uit.

Toen ik de kamer binnenstapte, kon ik zien waarom August sprakeloos was, want wat een spectaculair uitzicht! De keuken en eetkamer waren aangrenzend, in een enorme open rechthoekige ruimte, met glazen ramen en deuren die zich helemaal uitstrekten van de ene kant naar de andere en uitkeken op een van de prachtigste tuinen die ik ooit heb gezien. Ik wenste zo dat het lente was, zodat alles in volle bloei stond, maar de herfst was hier ook prachtig, met bomen die hun herfstkleuren droegen.

"Dash zou dit prachtig vinden," zei August. Dash was onze kleine teckel.

"Dat zou hij zeker," zei ik, terwijl Judy, nu achter ons, mama speelde door het hete water in de theepot te gieten.

August noch ik konden onze ogen afhouden van de prachtige natuur die slechts een paar stappen verderop lag te wachten. "Mag ik de deuren openen?" vroeg ik.

Judy knikte en August nam de honneurs waar. Onmiddellijk stroomden de geluiden van buiten als muziek de keuken binnen. Er waren krekels, blauwe gaaien, mussen, kardinalen, een boompad... het was zalig muzikaal - tot even later de grasmaaier van de buren in actie kwam.

"De thee is klaar," riep Judy.

"Perfecte timing," zei August, terwijl hij de schuifdeuren sloot en het slot dichtklikte. "Hallo duisternis mijn oude vriend," koerde August. Het was een van zijn lievelingsliedjes - een klassieker uit het repertoire van Simon en Garfunkel.

"Het is hier niet donker," zei ik, terwijl Judy de thee inschonk en serveerde. Om eerlijk te zijn was ik geen fan van chique thee zoals Earl Grey. Geef mij maar een kopje Typhoo. Ik voegde twee theelepels suiker toe - het dubbele van wat gebruikelijk is bij Typhoo en August deed hetzelfde. Terwijl we nipten en Judy's keuze voor een koekje - de gingernoot - afwezen, wachtten we tot ze ons het verhaal zou gaan vertellen waar ze op zinspeelde.

***

"Ten eerste," begon Judy, "heeft er al tientallen jaren niemand meer in dit huis gewoond."

"Decennia," herhaalde ik, "Hoe kan dat?"

August dronk de restanten van zijn thee op. Judy maakte meteen een beweging om zijn kopje bij te vullen, wat hij onbeleefd ontweek door zijn hand over het kopje te leggen.

Judy glimlachte. "Niet iedereen houdt van mijn favoriete brouwsel denk ik." Ze vulde haar kopje bij en ging toen verder.

"Het huis heeft de afgelopen jaren te koop gestaan. We hebben inrichtingsspecialisten uit de hele staat ingehuurd, in de hoop dat hun inbreng zou helpen bij de verkoop. Tot nu toe heeft het niet gewerkt."

"Dat slaat nergens op," zei August. "Het zou zeker minder galmend zijn als het huis gemeubileerd was." Hij tilde zijn lege kopje op en zuchtte.

"Wil je liever een fles water?" vroeg Judy en zonder op antwoord te wachten liep ze naar de koelkast en haalde er drie flessen uit en zette ze voor ons neer. Ik had het gevoel dat dit een lang verhaal zou worden.

Een vreemd geluid uit de tuin klonk ons tegelijkertijd in de oren. August schoof zijn stoel naar achteren en scande de tuin, die nu slechts gedeeltelijk verlicht was omdat de zon aan het ondergaan was. "Kun je iets zien?" vroeg ik.

August had een arendsoog, hoewel hij ouder was dan ik. "Shhh," zei hij. We wachtten aandachtig luisterend, maar het geluid werd niet meer gehoord. August ging terug naar zijn stoel en ging er met een schouderbeweging in zitten.

Judy zei: "Het is het beste als je je opmerkingen en vragen voor je houdt tot het einde. Ik wil eerder klaar zijn, ik bedoel zo snel mogelijk."

August zei: "We zijn oud en worden met de minuut ouder. We vergeten vast alle vragen die we zouden kunnen hebben als dit verhaal dat jij vertelt nog veel langer duurt."

Ik klopte op Augusts hand. "Als je vragen hebt, typ ze dan in je telefoon." Ik probeerde hem al een tijdje zover te krijgen dat hij de notitiefunctie in zijn telefoon gebruikte. Ikzelf gebruikte het voor veel dingen, waaronder het boodschappenlijstje. Ik stelde hem voor om het voor hetzelfde doel te gebruiken. Toch kwam hij thuis zonder wat we nodig hadden en ging hij weer terug - deze keer met papier in zijn hand.

"Maggie," zei hij, "je weet dat ik niet graag afhankelijk ben van technologie."

"Afhankelijk zijn van bomen," zei Judy, "voorspelt ook niet veel goeds voor de toekomst."

"De batterij van een stuk papier gaat niet leeg!" riep hij uit.

"Maar de inkt van een pen raakt op," zei ik grijnzend, waarna ik hem weer een klopje op de hand gaf en hem een pen en papier overhandigde - die ik voor zulke gelegenheden altijd in mijn handtas bewaarde.

***

"Ik begin bij het begin," zei Judy.

Onder de tafel schuifelde August met zijn voeten en ik kon zien dat hij steeds ongeduldiger werd en dacht: "Schiet op, vrouw!", want dat dacht ik ook.

Uiteindelijk kwam Judy ter zake. "Toen deze locatie voor het eerst bewoond werd, stierven hier drie mensen."

Ze wachtte tot we zouden reageren, maar dat deden we geen van beiden. We hadden al begrepen dat er iets vreselijks was gebeurd - en afgeleid dat het om doden, moorden en/of chaos moest gaan. Zelfs mijn artritis voelde dat hier iets vreselijks was gebeurd. Ik sloeg mijn armen om me heen en kreeg het weer koud. August deed hetzelfde, maar hij had het warmer dan ik omdat hij eerder zijn cardy had opgehaald.

"Oorspronkelijk werd hier in de[18e] eeuw een kerk gebouwd. Nadat deze was verwoest en drie mensen waren gestorven - en alleen de boekenplanken en de open haard waren achtergelaten - zwoeren alle religies om hier nooit meer een huis van God te bouwen. Dus werden er huisjes, huizen, statige huizen, bungalows en uiteindelijk het ontwerp van de twee verdiepingen tellende Californische split-bungalow waarin we nu staan gebouwd om te voldoen aan de behoeften en eisen van de eigenaren voor de tijd waarin ze leefden. En zo hebben vele parochianen, kerkgangers en gezinnen hier hun gebedsplaats en/of thuis van gemaakt.

Laten we beginnen bij de oorspronkelijke kerk. In het [midden] van de 18e eeuw begon op deze plek een gemeenschap, een van de eerste die in Ontario werd gesticht, nadat veel immigranten deze plek hadden uitgekozen om zich te vestigen en hun nieuwe toekomst op te bouwen.

Twee van deze mensen waren Lady en Lord Charleston, die snel leiders werden in de gemeenschap en die het geld opbrachten om de eerste kerk te bouwen zonder enige erkenning voor zichzelf, behalve een kleine bibliotheek in de pastorie, waar de gemeenschap boeken kon lezen en lenen over onderwerpen die met religie te maken hadden. Om het hen comfortabel te maken terwijl ze studeerden of lazen, zou er een open haard worden gebouwd in het midden van twee van zulke boekenkasten.

Vanwege het belang van het verzoek werd er veel onderzoek gedaan naar welk hout het duurzaamst zou zijn. Een immigrant uit Italië sprak vol lof over de mediterrane cipres en vertelde dat hij in een Romeinse kerk een altaar had gezien dat van dit hout was gemaakt en dat een brand had overleefd die de rest van het gebouw had verwoest. Er werd besloten om een aantal bomen op te laten halen die ze lokaal konden laten groeien en om ook een ruime voorraad per schip naar Canada te laten brengen. Na verloop van tijd sprak dezelfde man over de bovennatuurlijke krachten die deze boom uit zijn oude land bezat. Vanwege het sterke aroma plantten families de bomen in de buurt van hun dierbaren op begraafplaatsen in het hele land, om de demonen weg te houden en ervoor te zorgen dat de zielen van degenen van wie ze hielden de overkant zouden halen."

Een paar andere parochianen waren niet blij met deze godslastering en stelden voor om alleen Canadese bomen te gebruiken voor de onderneming. Lord en Lady Charleston verwierpen de motie en de gemeenschap wachtte op de levering van het hout voor de pastorie en bouwde ondertussen de kerk en de school en andere gebouwen. Nieuwkomers stroomden naar de gemeenschap en kozen ervoor om zich te vestigen op een plek die diensten bood waardoor iedereen zich sneller kon vestigen.

Het hout arriveerde en de pastorie werd gebouwd, maar niet zonder moeilijkheden. Eerst werd een man die de boomstam van het schip naar beneden bracht, verpletterd toen verschillende boomstammen losbraken en op hem neerstortten. Daarna werden er meer voorzorgsmaatregelen genomen, maar degenen die voor godslastering hadden gewaarschuwd, fluisterden wetend onder elkaar.

Jaren later, toen de kolonie nog geen naam had, werd er voorgesteld om het New Charleston te noemen, en zo werd het genoemd en vele generaties lang werd iedereen door de gemeenschap bediend en groeide de bevolking met sprongen. Lord en Lady Charleston stierven, maar hun portretten werden geschilderd en boven de open haard in de bibliotheek van de pastorie geplaatst tussen de twee boekenplanken. Tegen hevig protest van het publiek in werd de bibliotheek The Lady Charleston Archives genoemd omdat de familie hun collectie boeken doneerde om de planken te vullen."

Ik schroefde het deksel van de fles water en nam een slok, terwijl August op zijn horloge keek. De zon was nu aan het ondergaan en het grootste deel van de achtertuin was in duisternis gehuld, op een enkele schijnwerper van de maan na.

"Het is in deze kerk, waar de sterfgevallen plaatsvonden."

August en ik gingen dichterbij staan, in de hoop dat ze snel ter zake zou komen. Mijn maag knorde. Want het was al lang na het avondeten en het begon te converseren met die van August in een duet van hongergevoelens.

"Gingernut?" vroeg Judy, terwijl ze ze voor ons uit wuifde. We weigerden beleefd. "Waarom bestel ik geen pizza? Terwijl die gebakken en bezorgd wordt, kan ik verder met mijn verhaal."

"Geen ananas," zei August. Pizza met ananas was een echte ergernis van hem. "Ananas is bedoeld voor omgekeerde taart, niet voor pizzataart."

"Helemaal mee eens," zei Judy terwijl ze op haar telefoon drukte.

"Geen ansjovis," zei ik en probeerde mijn knorrende maag tot bedaren te brengen.

***

"In 1847 kwam een vrouw, een vreemdelinge, in het holst van de nacht de gemeenschap binnen op zoek naar haar man en jonge zoon. Ze klopte op deuren en veroorzaakte nogal wat tumult omdat het al na middernacht was. De leden van de gemeenschap kwamen hun huizen uit om haar te helpen en vormden een zoekteam dat met lampen de weg wees. Het was dat soort gemeenschap, die zich aansloot om anderen te helpen, zelfs vreemden. Niemand trok haar motieven, verhaal of geestelijke gezondheid in twijfel.

Het was oktober, dus het was frisjes, maar nog voor de eerste sneeuw was gevallen. Ze sjouwden en zochten tot de zon opkwam en hergroepeerden zich om te eten, te drinken en meer te weten te komen van de vrouw die te uitgeput was geweest om met hen mee te lopen. Toen ze aankwam, werd ze meteen ondergebracht en naar bed gebracht na een sterke kop thee met een scheut whisky erin om er zeker van te zijn dat ze de hele nacht sliep.

Na nog meer discussie en de bevestiging dat niemand hoofd of haar van de man of het kind had gezien, aten ze samen met eten dat door de vrouwenvereniging in de kerk was verstrekt en bespraken ze wat ze nu moesten doen. Het was niet zoals vandaag, waar je gemakkelijk posters kon afdrukken en ze overal kon opplakken met duct tape, en ook sociale media waren geen optie. In plaats daarvan werd een kunstenaar in de arm genomen om het gezin te schetsen op basis van de beschrijving van de moeder. De vrouw heette Reba, haar kind heette Jacob en haar man heette ook Jacob.

Op een avond, vrij laat, zag een buurtbewoner de vrouw Reba de kerk binnenkomen, terwijl ze de hand van een kind vasthield. Hij vroeg zich af waar de echtgenoot was, maar zonder verder na te denken ging hij naar bed.

Reba had haar zoon meegenomen naar de kerk om een kaars aan te steken op het altaar om Jezus te bedanken voor het terugbrengen van haar man en zoon. De deur van de kerk was niet beveiligd omdat Jacob Senior zich spoedig bij hen zou voegen. Een windvlaag, die zo hevig was dat hij de vlam wegblies en haar mouw in brand vloog en omdat ze op dat moment haar zoon vasthield, vloog ook zijn outfit in brand. Jacob de oudere kwam binnen en rende naar hen toe, de deur helemaal open latend. Nog meer boze wind volgde hem, terwijl hij de kloof tussen hem en zijn geliefden dichtte. De kerk, die van lokale bomen was gemaakt, ging in een mum van tijd met hen de lucht in.

Het gemeenschapshuis, waar de vrouwen van de kerk eten serveerden aan de vrijwilligers, rook als eerste iets branden en rende de straat op. De meeste vrijwilligers waren ook brandweermannen, maar hun middelen waren op dat moment beperkt. Ze deden wat ze konden om de kerk te redden, maar het was al te laat. De pastorie was nog niet verzwolgen, dus ze slaagden erin om de priester eruit te krijgen en om zoals ik al zei de boekenplanken en de open haard te redden. Het gezin van drie kwam om... verbrand tot niets. Van as tot as, zoals het gezegde luidt."

Judy haalde diep adem, nam een slokje water en toen ging de deurbel. Het vertellen van het verhaal had veel van haar gevergd, dus August bood aan om de pizza's op te halen, maar Judy zei dat ze moest betalen - ze kon het opschrijven als een werkgerelateerde uitgave - en ging uiteindelijk toch naar de deur. Ze kwam terug met de warme en heerlijk ruikende pizzataart en we schoven een tijdje aan zonder iets te zeggen, afgezien van de ooh's en ahh's terwijl we van het smakelijke festijn genoten.

Nu tevreden en met volle buiken ging Judy verder met het verhaal.

"Sindsdien zegt men dat de geesten van die familie in dit huis rondspoken. Wat de mensen zien, maakt ze zo bang dat ze gillend naar buiten rennen. En door de eeuwen heen zijn er huizen herbouwd op dit landgoed, maar niemand heeft hier ooit lang gewoond."

Het werd al erg laat; Judy's verhaal had al een hele tijd geduurd.

"Kunt u alstublieft snel vooruitspoelen en ons naar het heden brengen?" vroeg August, weer onbeleefder dan hij of ik van hem verwacht hadden. Het was al na bedtijd en het was niet helemaal zijn schuld dat hij zo prikkelbaar werd.

Judy verontschuldigde zich. "Dit huis is vijfentwintig jaar geleden gebouwd. Het is gekocht, verkocht, verhuurd, gerenoveerd - noem maar op en meer keren dan ik vingers en tenen heb om te tellen - niemand wil hier wonen." Ze keek om zich heen. "Ja, het ziet er goed uit, maar er is gewoon iets mee. Iets wat mensen op de vlucht doet slaan. Vooral op dit uur van de nacht. Ik wilde zien of het jou ook was overkomen."

"Dus, wij zijn jullie vriendelijke guineapigs," zei August, terwijl hij zijn stoel abrupt naar achteren schoof. "Laten we verder gaan met de rondleiding. Wat is er boven?"

Ik verroerde me niet.

"Je hebt geen idee; ik bedoel absoluut geen idee waarom mensen op zo'n extreme manier zouden handelen? Het houdt voor mij weinig tot geen steek. Jij zou toch ook zien wat zij zagen?"

"Ik zie nooit," zei Judy.

"Nou, dat is bizar," zei August.

Judy glimlachte. "Ik weet het. En daarom, laat me dit even zeggen, dat spirituele mensen zoals helderzienden, mystici, waarzeggers, heksen, tovenaars - noem maar op en ze zijn hier geweest - ja, ze hebben deze locatie zelfs van het kastje naar de muur verbannen en toch, datgene wat iedereen op de vlucht doet slaan, inclusief al het bovenstaande, gebeurt nog steeds. Elk van hen rende schreeuwend naar de heuvels - en keerde nooit meer terug."

"Onzin," zei August.

Maar hoe meer ze erover sprak, hoe banger ik werd en hoe meer ik bereid was het te geloven, want naarmate de tijd verstreek, kreeg ik het steeds kouder. In feite rilde ik alsof iemand over mijn graf was gelopen - ook al was ik natuurlijk niet dood. Maar toch. Als ik er alleen al aan dacht, gingen de haren op mijn armen overeind staan.

Judy stond op. "Nu weet je wat ik weet. De prijs is al laag, maar er valt nog over te onderhandelen. De eigenaar wil dat het verkocht wordt en uit zijn handen is - gisteren. Waarom kijken jullie niet even boven, om de bovenverdieping te bekijken?"

August zei: "We kunnen het liefdevol kopen, afbreken en iets verbouwen dat aan onze behoeften voldoet, zoals een bungalow. We zouden nog steeds voorop lopen en genoeg geld hebben voor de rest van ons leven."

Met trillende knieën stond ik ook stevig aan de tafel gekluisterd. Het klonk goed, eigenlijk te mooi om waar te zijn.

Judy zei: "Het is erfgoed. De boekenkasten en de open haard moeten intact blijven. Daar valt niet over te onderhandelen. Sterker nog, ik kan je bod niet accepteren tenzij je bereid bent om dat op papier te zetten."

August en ik liepen als in trance de keuken uit en eindigden op het tapijt dat nu voor de open haard lag. Het loeiende vuur dat de kamer verlichtte, deed me afvragen waarom ik het nog kouder had.

"...elektriciteit," zei Judy.

Ik was in gedachten naar boekenland gegaan en had gemist wat ze zei.

"...heeft het uitgezet. Het water ook."

Ik ging met mijn hand langs de boekenplank in het midden, nu ik de kern van de zaak begreep, toen August de kamer verliet. Ik draaide me om en volgde hem, net als Judy. Hij stopte onderaan de trap, keek waar we waren en begon toen te klimmen. Ik greep me vast aan de leuning en ging ook omhoog. Ongeveer halverwege voelde de leuning wiebelig aan, net als mijn knieën. Mijn voeten leken weg te zakken in de houten trap, waardoor ik me wankel voelde. August was al boven. Ik zag dat hij zijn weg verlichtte met de zaklampapplicatie op zijn telefoon. Ik was trots dat hij eindelijk een toepassing had gevonden die ik hem had aangeraden.

Toen ik me bij hem voegde op de top, keken we naar Judy die stond te wachten met haar telefoon voor haar gericht - ook met behulp van de zaklamp applicatie. "Ik moet zo afsluiten," zei ze.

"We gaan even lekker rondneuzen," zei ik, terwijl August zich van me verwijderde in de richting van de deur aan het einde van de gang. Terwijl ik liep, leek het dikke tapijt onder mijn voeten knisperend, zodat haasten moeilijk was. August gooide de deur open en zag een perzikkleurige badkamer met een wastafel, bad, toilet en douche. De badkamer was versierd met accessoires - een van die tapijten rond de basis. De stijl was niet naar onze smaak en dat zei ik, terwijl we de deur sloten en verder gingen naar een slaapkamer, klein, ingericht in blauw met auto's die over de muren reden en sterren die oplichtten als we de zaklamp erop richtten op het plafond.

"Ik vind die sterretjes leuk," zei August, het kind in hem kwam naar boven. Het verbaasde me dat hij de auto's op het behang niet ook mooi vond. Misschien wel, maar van de twee vond hij de sterren mooier.

"Ja, laten we ze weghalen en boven de open haard plakken - als we die tenminste kopen," zei ik.

We gingen naar een andere slaapkamer, een logeerkamer, vol met bloemen in allerlei soorten en kleuren. Zonnebloemen waren op de achterkant van de deur gestencild.

"Heel huiselijk," zei ik, terwijl we doorliepen naar de laatste kamer: de ouderslaapkamer. Het viel me op dat een huis van deze grootte meer dan drie slaapkamers zou moeten hebben.

August zei: "We kunnen meer kamers op het land bouwen als we hier een bungalow van maken. Er wordt hier zoveel ruimte verspild."

We keken naar de en suite die ook erg verouderd was met perzik - hoewel er een spabad was versierd met gouden kranen en armaturen. En daarboven bood een groot boograam een panoramisch uitzicht op wat, naar we aannamen, de achtertuin moest zijn.

August klom op het bad en nam daarbij mijn hand. We stonden naast elkaar en keken neer op de tuin toen er drie figuren verschenen. Links stond een man, maar gezien zijn gestalte zou je kunnen denken dat het een jongen was. Zijn kleding bestond uit een gebogen hoed, een linnen overhemd met franjes boven de taille, een knielange jas en een broek die het tegendeel bewees. De hand van de man werd vastgehouden door een jongen wiens jasje tot net onder zijn middel reikte, terwijl zijn broek tot op de knie reikte en zijn donkere lokken onder zijn pet vandaan kwamen. Het drietal werd gecompleteerd door een vrouw die de hand van het kind vasthield. Ze droeg een dikke gewatteerde overjas die haar kleren bedekte en een slaapmuts op haar hoofd - alsof ze onverwacht de nacht was binnengekomen. De volle gezichten van alle drie de figuren waren gefixeerd op de maan en de sterren, of ze waren betoverd.

"Zijn ze echt?" fluisterde ik terwijl ik me vasthield aan Augusts schouder, maar voordat ik kon uitspreken, keken drie paar ogen ons recht aan en tegelijkertijd lieten ze een kreet horen met zulke hoge stemmetjes dat elke hond in de buurt er wakker van moest zijn geworden. Ze zeiden,

"Elke dag komen we hier om te branden."

We bedekten onze oren terwijl ze hun sirenenzang herhaalden, toen vlammen, beginnend bij hun voeten en steeds verder omhoog, hen overspoelden en al snel veranderde hun geschreeuw in gekreun terwijl ze op de grond in hoopjes as uiteenvielen.

Ik gilde. En toen gebeurde er iets wat in al die jaren dat we getrouwd zijn nog nooit was gebeurd - August gilde ook.

We klommen uit bad, renden de trap af, langs Judy en de voordeur uit met een snelheid die twee oude kerels zoals wij nooit voor mogelijk hadden gehouden. We stapten in Judy's auto; zij had gereden toen ze ons het huis liet zien. Toen ze instapte, reed ze weg, terwijl ze haar banden liet piepen.

Toen we voldoende afstand tot het huis hadden genomen, zei Judy op een nuchtere manier: "Ik zal een lijst met andere huizen samenstellen die je morgenochtend meteen kunt bekijken. We zullen het perfecte huis voor je vinden. Er zijn genoeg mooie huizen op de markt om uit te kiezen." Ze wierp een blik op ons in de achteruitkijkspiegel.

Ik trilde nog steeds en hield me vast aan August.

"Wil je me vertellen wat je gezien hebt?" vroeg Judy.

"Hoorde je ze niet?" Vroeg ik.

Judy schudde nee met haar hoofd.

"Geloof me, jij bent de gelukkige," zei August. "Breng ons nu naar huis. We blijven hier."

August en ik spraken nooit meer over het huis.

MOORD

Ik zat in mijn auto - te bang om uit te stappen.

Vanachter het getinte glas kon ik alles zien - dus waarom mezelf in gevaar brengen? Waarom een infectie riskeren als ik alleen maar een beetje natuur wilde.

Waarom blijf je dan niet gewoon thuis? Ik hoorde je zachte stem in mijn hoofd vragen. Net alsof je hier naast me op de passagiersstoel zat. Jij bent mijn overleden man Gerald - tweeënveertig jaar getrouwd voordat COVID hem uitschakelde. Ja, mijn Gerald bezweek aan het virus aan het begin van deze gekke tijd in ons leven. Nog voordat het een pandemie werd genoemd door degenen die zeiden dat ze er verstand van hadden.

Zelfs toen officieel werd bevestigd dat Gerald eraan was blootgesteld en geïnfecteerd was, geloofde hij het niet. Hij had zich alleen laten beoordelen omdat ik hem had overgehaald om met me mee te gaan, zoals we in onze geloften zeiden in ziekte en gezondheid. Ik was in de buurt geweest van iemand die het had opgelopen toen ik vrijwilligerswerk deed bij de voedselbank. Ik hoefde me niet te laten testen, maar dacht dat het beter was om het zekere voor het onzekere te nemen en ik plaatste mezelf in een vrijwillige quarantaine van veertien dagen - dan konden Gerald en ik tenminste samen zijn.

Toen de uitslag binnenkwam, bleek Gerald het te hebben en mijn test was negatief. Omdat we in elkaars broekzak hadden gezeten, was de kans groot dat ik het ook had en alleen asymptomatisch was, dus gingen we allebei gelukkig samen de quarantaine in, zoals we dat al vijfenveertig jaar doen.

We waren voorbereid om het samen aan te pakken, toen werd mij verteld dat ik uit de buurt van mijn Gerald moest blijven, mijn contact moest beperken - een deur tussen ons in moest houden, een masker moest dragen, vaak mijn handen moest wassen - je kent het wel. Ik nam de logeerkamer; Gerald had onze kamer. We zeiden elkaar welterusten door de muur heen, net zoals de mensen bij de familie Walton deden.

Op een nacht, toen hij niet kon slapen, zong ik via de muur een paar refreinen van het liedje waarop we op de middelbare school onze eerste dans hadden gedaan, het liedje Make Me Do Anything You Want van A Foot in Coldwater. Ik neuriede het in mezelf terwijl ik de gebeurtenissen buiten in me opnam. Een groep Canadese ganzen zat een paar meter verderop het gras op te eten. Ik draaide het raampje iets naar beneden, zodat ik hun geklets kon horen. Ik haalde diep adem om de buitenlucht binnen te laten, maar de frisse lucht weerhield me er niet van om terug te denken aan het volgende deel, het moeilijkste deel, toen Gerald van me werd afgenomen en in het ziekenhuis werd opgenomen. Ik mocht niet bij hem in de ambulance, en het ging zo snel bergafwaarts met hem dat ik hem nooit meer levend heb gezien.

Ik belde eerst de kinderen. Natuurlijk zijn ze nu allemaal volwassen en hebben ze zelf kinderen. Kinderen, geiten. Kinderen bedoel ik natuurlijk. Ik weet niet zeker wanneer ik ben overgegaan op de gewone beschrijving. Waarschijnlijk omdat Gerald er niet is om me te vertellen dat ik het niet moet doen.

Onze kinderen konden niet komen vanwege sociale afstandsbeperkingen. Hun gebieden waren in fase 2. Bovendien was het risico om zelf het virus op te lopen, het risico om het mee te nemen naar onze kleinkinderen, het niet waard. We keken elkaar aan - met de hulp van een vriendelijke verpleegster - maar Gerald sprak niet. Tegen die tijd was de glimlach uit zijn ogen verdwenen en ik wist het.

Na de begrafenis - behalve ik kwam er niemand - wist ik niet wat ik met mezelf aanmoest. Het was nog erger nadat de verzekering uitbetaald had. Ons hele leven hadden we bezuinigd en gespaard - en nu was hij er niet meer, we konden nergens heen - niet met de pandemie die overal op de loer lag - en mijn Gerald was er niet om het met me te delen, dus het had überhaupt geen zin om te gaan. Al dat geld en ik kon niets bedenken wat ik wilde of nodig had, behalve Gerald.

Toen de herfst naderde en de bladeren begonnen te bladeren, wees ik ontelbare keren een bijzonder mooie boom aan niemand aan. En toen kwam Thanksgiving in zicht. Meestal bereidden we het familiefeest voor - met de normale Canadese kost - zoals pompoentaart, cranberrysaus, kalkoen, ham, vulling, aardappelpuree, groenten en koolsla. Gerald sneed meestal de vogel terwijl ik de rest regelde. Dan gingen we rond de tafel en iedereen, zelfs de kleintjes, zeiden waar ze het afgelopen jaar dankbaar voor waren. Ik herinnerde me Kevin's verklaring dat hij het meest dankbaar was voor "Bampa," - opa. Geralds ogen lichtten die dag op als de zon die achter een wolk vandaan komt na een paar dagen regen.

Mijn dochter stelde voor dat ik een Virtueel Thanksgiving Diner zou organiseren. Haar hart zat op de juiste plaats, maar het idee was absurd. In mijn eentje zou ik een Turkey TV Dinner maken en dat opeten terwijl ik naar A Charlie Brown Thanksgiving kijk.

Dus nu zit ik hier weer in deze vervloekte auto, met de getinte ramen omhoog - te bang om uit te stappen. Terwijl mijn ogen over het voetpad dwalen, zie ik Sonny en Evelyn Marshall en voordat ik de kans krijg om te bukken, zien ze mij. Ze komen naar me toe. Ze hebben gehoord van Gerald's overlijden en willen hun respect betuigen en het is te laat voor mij om de auto te starten en de parkeerplaats te verlaten.

Voor de auto nu, met maskers op, tikt Sonny op mijn raam terwijl Evelyn naar de passagierskant gaat.

"Hallo," zeg ik door de gesloten ramen. Mijn telefoon gaat over. Ik wijs ernaar, om hen te laten weten dat ik een telefoontje moet afhandelen, en kijk dan wie de beller is - Evelyn aan de lijn. "Hallo, alweer," zeg ik, terwijl Sonny voor mijn auto langs loopt, even stopt om me door de voorruit te bekijken, voordat hij verder loopt en zich bij zijn vrouw voegt.

Evelyn zegt: "We hebben het gehoord van Gerald. Het spijt ons heel erg en we wilden langskomen om jullie dat te vertellen. Ook om te zeggen dat als jullie iets nodig hebben, wat dan ook, bel ons alsjeblieft. We willen er zoveel mogelijk voor jullie zijn tijdens deze pandemie." Sonny sloeg zijn arm om zijn vrouw heen.

"Ik ben oké," zeg ik. "Bedankt voor het vriendelijke aanbod en voor het langskomen." Ik hang op en leg de telefoon neer in de hoop dat ze weggaan.

Sonny zegt iets, wat ik normaal wel zou weten omdat ik vrij goed kan liplezen, maar met deze maskers op kan iedereen alles zeggen. Hij en Evelyn zwaaien als ze terugkeren naar het pad en weg zijn ze.

Ik kijk hoe ze elkaar de hand schudden, terwijl ze steeds kleiner worden. Als ze weg zijn, landt er een zwarte kraai op de motorkap van mijn auto en kijkt me aan door het getinte glas. Ik draai het raampje naar beneden en zeg: "SHOO!"

De kraai komt naar me toe, pluist zijn veren en antwoordt met een uitdagende "CAW, CAW!".

Ik draai het raam weer omhoog en kijk hoe het ding over de motorkap van mijn auto ijsbeert. Hij laat een spoor van vogelafdrukken achter op mijn stoffige auto. Ik start de motor en spuit water op de voorruit. De vogel geeft geen krimp. Ik sproei de ruitenwissers er verschillende keren overheen. Het ding kijkt me nog steeds aan, schudt zijn hoofd en SPLAT dan poept hij. Ik toeter en zie hoe hij opstijgt, blijft hangen, poept nog een beetje meer, dit keer tegen de koplamp voordat hij richting het water vliegt.

Een groep kraaien wordt een moord genoemd. Toen Gerald stierf aan een door de mens gemaakt virus dat op onze planeet werd losgelaten, werd zijn dood geen moord genoemd - ook al had het verdomme wel een moord genoemd moeten worden.

Ik graai in mijn handtas en haal het masker eruit. Ik doe één lus door mijn rechteroor en de tweede door mijn linkeroor. Ik zorg dat het goed zit, over de neus, onder de kin. Ik stap uit mijn auto en in het zonlicht.

Brave meid, roept Gerald, terwijl een horde kraaien een cirkel boven moord op kraaien en ik voor een rijdend voertuig stap.

SANS MASQUE

Hij stond aan de ene kant van de kamer en zij aan de andere.

Allebei gekleed - of overdressed - zo zag ze hem. Gepolijst was het eerste woord dat in haar opkwam, maar iets aan hem zag er te gelikt uit. Alsof hij wilde dat ze nog verliefder op hem werd dan ze al was.

Hij was tenminste komen opdagen - ook al had ze geweigerd om te doen wat hij haar had gevraagd en was dit hun eerste persoonlijke ontmoeting.

Ze hadden elkaar ontmoet in een dating app. Daar is geen wet tegen - nog niet. Na verloop van tijd hadden ze een relatie ontwikkeld. Hij eindigde zijn berichten altijd met een kloppende hart emoji. Zij eindigde altijd met "ondergetekende", alsof ze een brief afsloot. Ze was een nieuweling in het datingapp-scenario, maar hoe kon ze anders iemand ontmoeten met de strenge pandemiewetten?

Na iets meer dan twee maanden berichten sturen en e-mailen, vroeg hij of hij haar persoonlijk wilde ontmoeten. Ze stemde schoorvoetend toe. Op een bepaalde manier, als ze elkaar nooit zouden ontmoeten, kon ze zich voorstellen dat hij alles was wat hij van zichzelf verwachtte. Belangrijker nog, ze wilde niet te gretig of wanhopig overkomen.

Hij had zoveel moeite gedaan om alles te regelen, inclusief de locatie waar hij haar mee naartoe wilde nemen. Eerst kon ze haar geluk niet op. Terwijl ze wachtte op zijn bevestiging van de details, veranderden haar emoties van opgewonden naar sceptisch. Kon hij echt zo'n exclusieve locatie reserveren voor hen tweeën? Toen hij de details sms'te, slaakte ze een gilletje en reageerde met een smiley emoji. Haar eerste van de relatie.

Daarna liep ze meteen naar haar kast en schoof de spiegeldeuren open. Ze snuffelde tussen de kleerhangers tot ze haar duurste jurk vond - degene die ze haar chique jurk noemde. Ze noemde het zo ter nagedachtenis aan haar overleden moeder. Het was een afgekeken designnummer dat ze online had gekocht en haar meest trotse modebezit. Ze hield het tegen zich aan, keek in de spiegel en probeerde te beslissen met welke sieraden ze het zou accentueren: nepdiamanten of parels? Ze koos voor het eerste.

De ochtend van het grote evenement was ze vroeg opgestaan om haar inbox te checken. Ze verwachtte half een sms of bericht dat hij moest afzeggen. Eigenlijk hoopte een deel van haar dat hij zou afzeggen, maar haar mailbox was leeg en er waren geen sms'jes geweest. Ze was naar de keuken gegaan om een kop koffie te zetten en had toen nog eens gekeken of hij contact had gehad. Deze keer keek ze zelfs in de map met ongewenste berichten - ook die was leeg.

De hele dag hield ze zichzelf bezig. Eerst nam ze een lang stoombad en scrubde ze zich. Gevolgd door een lichte lunch. Opnieuw checkte ze of er berichten waren en toen ze er geen vond, ging ze verder met het stylen van haar haar en daarna deed ze haar nagels. Voordat ze haar make-up aanbracht, doorzocht ze de sociale media. Ze vond geen bewijs van zijn recente activiteiten en stapte in haar hoogste paar hoge hakken - degene die haar benen het langst lieten lijken. Ze maakte de look af door een laagje zuurstokrode lippenstift aan te brengen en stapte voor de spiegel. Perfect.

Op één ding na: haar bijpassende tasje. Ze stopte haar telefoon en pinpas erin, ging terug voor haar lippenstift en nu was ze overal klaar voor.

Terwijl ze de voordeur uitstapte en haar masker opdeed, kwam de taxi aan. Ze had hem de avond ervoor geboekt, zodat ze niet te laat of te vroeg zou zijn. Ze wilde dat de timing perfect was voor hun eerste ontmoeting in levende lijve.

***

Hij bracht de dag door met alles dubbel te controleren, zoals hij altijd deed bij zulke gelegenheden.

Hij keek ernaar uit om haar eindelijk in levende lijve te ontmoeten. Online leek ze verlegener en naïever dan de anderen met wie hij had gechat. Ze leek zo verlegen, zo onwerkelijk dat ze botweg had geweigerd om hem een naaktfoto van zichzelf te sturen. Naakt betekende zonder masker.

Voordat ze ermee instemde hem te ontmoeten, moest hij haar geruststellen dat de richtlijnen gevolgd zouden worden. Nou ja, niet alleen gevolgd, per se, ze eiste niet minder dan zijn persoonlijke garantie dat ze niet gestoord zouden worden.

Toen de wereldleiders vielen, werd de internationale regering gevormd om de leemte op te vullen. Met de I.G. aan het roer eiste de wereld strengere straffen voor non-conforme sociale afstandshooligans. De nieuw gevormde International Pandemic Associates (I.P.A.) werden gemachtigd om de wetten op sociale afstand te handhaven met alle middelen die nodig waren.

Na de val van de wereldleiders ontstond er een hevige publieke verontwaardiging. De sociale media werden overspoeld met verkeerde informatie. De mensen eisten gerechtigheid en gingen de straat op met borden en vredestekens. Toen ze niet meer tot zwijgen konden worden gebracht en de gevangenissen tot de nok toe gevuld waren, werden openbare executies in de wet opgenomen.

Door dit alles heen was hij erin geslaagd om zijn geld te behouden en hij was niet bang om het te gebruiken als het in zijn voordeel werkte. Hij had een paar handjes gesmeerd om de locatie te boeken en het personeel in te huren en om ervoor te zorgen dat ze ongestoord zouden blijven. Het oog op het terrein dat hen observeerde, daar kon hij niets aan doen. S.D. camera's, want die waren overal.

Zijn smoking was opgehaald en zat nog in de plastic hoes die hij droeg toen hij van de stomerij naar huis reed. Het was in quarantaine in de garage tot het nodig was. Je kon nooit voorzichtig genoeg zijn. De standaardtijd voor het in quarantaine houden van stoffen was achtenveertig uur. Om het zekere voor het onzekere te nemen was het een volle week in de garage gebleven.

Toen hij helemaal aangekleed was, bracht hij als laatste zijn masker aan voordat hij in zijn auto stapte. Er was weinig verkeer en parkeren was gemakkelijk.

Hij wilde dat alles perfect was.

Net zoals hij hoopte dat zij zou zijn.

***

Ze stapte uit de taxi op de stoep en sloot het gat tussen zichzelf en de zaal.

Op de grond, met krijt op de stoep geschreven, stond een boodschap voor haar. Er stond: *"Schat, volg mij*. Ze glimlachte en volgde het spoor van hartjes die op de stenen waren geëtst. Af en toe zochten haar vingers geruststelling in het masker dat haar gezicht bedekte. Het was nu als een extra laag huid.

Ze ging de open deuren in, meer harten volgend die haar langs de gang leidden.

Eindelijk kwam ze aan in de hoop dat haar ware liefde, haar zielsverwant, op haar wachtte.

***

Aan de andere kant van de kamer ontmoetten hun blikken elkaar. Zij in haar zwarte mouwloze jurk en hij in zijn zwarte smoking.

"Je bent gekomen!" zei hij met een sterke bevestigende stem.

"Ja," antwoordde ze op een ademloze fluistertoon.

Ze vertraagde de hartslag door de kamer in zich op te nemen. Zijn oog voor detail was onberispelijk. De tafel was gedekt voor twee personen, met het mooiste porselein, kristal en zilver. De tafel strekte zich uit over de hele lengte van de kamer. In het midden stond een prachtige kandelaar die romantiek uitstraalde.

"Neemt u alstublieft plaats," zei hij.

Zij ging aan haar kant zitten en hij aan de zijne. Voordat er een ongemakkelijke stilte kon vallen, klapte hij. Twee obers kwamen binnen door een deur die ze niet had opgemerkt. Van top tot teen gekleed in pakken die op de maan niet zouden hebben misstaan, kwamen ze dichterbij. Met hun gehandschoende handen vulden ze de champagneglazen en hun schalen met een lichte consumptie.

Hij klikte met een stuk bestek op de zijkant van zijn glas en zij deed hetzelfde. Op bruiloften werd dit ritueel ooit uitgevoerd als een verzoek aan pasgetrouwden om een kus uit te wisselen. De gedachte alleen al, het ontmaskeren in het openbaar, deed haar huiveren. In deze nieuwe pandemische wereld gaf het gerinkel aan dat de initiatiefnemer een toost wilde uitbrengen.

"Op jullie," zei hij, terwijl hij zijn glas hief.

"Op ons," zei ze, terwijl ze hevig bloosde, verborgen onder haar masker.

De obers arriveerden regelmatig met dienbladen. Na hun laatste presentatie van geflambeerde Cherries Jubilee bogen de obers. Dit gaf aan dat ze niet terug zouden komen.

"Kon ik je maar kussen," zei hij, luider dan hij had gewild, maar luid genoeg om zijn masker te rechtvaardigen.

Deze woorden van hem deden haar ontvlammen. Voor ze wist wat ze deed, stond ze op en gaf hem een kus. Ze ging weer zitten en stelde zich voor hoe de kus als een veertje door de lucht over de tafel zweefde.

Hij ving hem op en drukte hem tegen zijn lippen. "Het is niet genoeg," kirde hij.

Ze gooide haar stoel weer naar achteren. Het schraapte door de stilte.

Haar hoge hakken klakten toen ze de vloer overstak. Ze struikelde van opwinding toen ze langs de tafel naar hem toe liep.

Terwijl ze zich naar hem toe bewoog, verspreidde de airconditioning haar zoete parfum in zijn richting. Tot dan toe was hij alleen getuige geweest van haar koraalblauwe ogen en haar kleine oorlellen waaronder de bandjes van het masker waren gezet. Zijn hart klopte zo snel dat hij zeker wist dat het uit zijn borst zou barsten. Om zichzelf te kalmeren draaide hij zijn trouwring rond en rond om zijn vinger, zich afvragend of dit meisje het waard was. Was ze genoeg voor hem om het risico te nemen de wet te overtreden? Zou hij voor haar sterven?

"Stop!" riep hij, terwijl hij zijn hand heftig in de lucht stak als een boze oversteekplaatsbewaker.

Ze was nog steeds op de vlucht en beet op haar lip onder het masker.

Hij zette zijn masker vast.

Terwijl het oog in de muur achter haar knipperde, fluisterde hij: "Ben ik vergeten te vertellen dat ik getrouwd ben?"

Ze haastte zich verder naar hem toe, terwijl de deuren achter hem openzwaaiden.

"Ben ik vergeten te zeggen dat ik bij de IG hoor?" vroeg ze, terwijl de twee mannen in ruimtepakken hem tegen de grond sloegen.

Erkenningen

Beste lezers,

Dank aan de geweldige vrienden, familie en het team van mensen die mij en mijn schrijven door de jaren heen emotioneel hebben gesteund, maar ook aan diegenen onder jullie (jullie weten wie jullie zijn) die hebben geholpen met technische dingen zoals proeflezen, redigeren, etc. Ik had het echt niet zonder jullie gekund.

En bedankt dat jullie ervoor gekozen hebben dit boek te lezen!

Ik dank jullie allemaal een miljoen keer!

Innige liefde,

Cathy

Over de auteur

Cathy McGough woont en schrijft in Ontario, Canada met haar man, zoon, kat en hond.

Ook door:

Cathy is een bekroonde auteur met boeken in de categorieën Children's en Young Adult en boeken voor volwassenen in zowel fictie als non-fictie.